L'enveloppe jaune

Pascal Drampe

&

J.M.

« *Il fallait reconnaître d'être malade pour pouvoir guérir.*

J'ai finalement décidé de guérir ».

J.M.

© 2022, Pascal Drampe et J.M.

Edition: BoD - Books on Demand,

12-14 rond-point des Champs-Elysées 75008 Paris

Impression: BoD – Books on Demand, Norderstedt,

Allemagne.

ISBN : 9782322402588.

Dépôt légal : Avril 2022.

Du même auteur chez BoD :

Témoignage :

- L'incroyable destin de Blanco, juillet 2021.

Polars :

- Blanco 1 : Insoupçonnable vengeance, 2020.

- Blanco 2 : Insoutenable héritage, août 2020.

- Blanco 3 : Inconsolables petits anges, juin 2021.

- Blanco 4 : Inqualifiable cannabis, février 2022.

Remerciements à J.M. pour la confiance accordée.

Prologue.

En mars 2002, profitant d'une escapade romantique au Jumeirah Beach Hôtel à Dubaï, en compagnie d'une jolie ressortissante polonaise, *Paulina G.*, la conciergerie informait *J.M.* qu'un courrier lui était adressé. Son sang ne fit qu'un tour, lorsqu'on lui remit cette fameuse « enveloppe jaune », significative d'une « opération extérieure ». Le message était limpide : Avion Kaboul sur tarmac. Stop ! Ordre de mission immédiat. Stop ! Outils transférés. Stop ! Réfèrent sur place, Lieutenant-colonel R. Stop !

Le lendemain, *J.M.*, le sniper, et le prénommé *Robert*, un « spoter » du S.A.S, respectivement appelés « 17 » et « 82 » pour l'opération, étaient héliportés en CH-47 de Kaboul à Aryob Zazi, dans les montagnes afghanes, et pris en charge par deux Afghans qui les déposèrent à la frontière pakistanaise, à Pewar. Ils s'inscrivaient, ainsi, en parfaite violation des lois internationales en vigueur, puisque ce pays n'était pas en guerre avec les Occidentaux, même s'il abritait des terroristes afghans.

Les cibles étant localisées dans le village de Tari Mangal, « 17 » trouva la position idéale sur un petit promontoire masqué par des arbustes enneigés. La mission était sommaire, il devait abattre, lors de la première prière du matin, les deux gars qui se présenteraient sur le toit-terrasse identifié. La photo des deux objectifs leur avait été remise, même si, dixit *J.M. : « à cette distance de plus de 1000 mètres, les barbus se ressemblaient tous ! »*. La position était idéale pour que les deux missionnés s'assurent de leur repli ; le soleil se lèverait dans leur dos et, *de facto*, éblouirait les talibans susceptibles d'être alertés après les tirs. Pour l'heure, il fallait s'armer de patience dans la nuit noire et froide, les deux acolytes savaient faire, aguerris à ce type de situation d'attente ; le silence radio était de rigueur depuis le passage frontalier.

À 05h51, derrière ses jumelles, « 82 » signala une action sur le toit de l'habitation authentifiée. « 17 » requit les conditions atmosphériques pour un tir à 1200 mètres, tout en ajustant son fusil L115A3. Il positionna son œil directeur contre la membrane en caoutchouc et put observer deux hommes, un tapis à la main, se présentant sur la terrasse de la maison visée. Lorsque les deux cibles s'agenouillèrent, « 82 » annonça le « GO ». « 17 » commença son décompte de relaxation de cinq secondes, avant la phase de tir. Son index fit délicatement pression sur la queue de détente, touchant mortellement le premier homme au thorax. L'autre n'eut pas le temps de s'en apercevoir qu'il fut abattu d'une balle dans la gorge, lui décrochant complètement la tête du corps. Couverts par le silencieux, les deux tirs ne purent être entendus par les talibans qui priaient en bas de l'habitation.

Sitôt les objectifs abattus, les deux coéquipiers de circonstance quittèrent leur position pour se replier ; mais à peine ils parcoururent 400 mètres qu'une sirène retentit dans le village. Le dénivelé les exposant à la vue de l'ennemi, ils essuyèrent les tirs des talibans. Alors que les deux exécutants parvenaient à franchir la frontière afghane, « 82 » ralentit brusquement sa course et se tint le ventre. « 17 », venant à son secours, constata qu'il saignait abondamment. Il s'agenouilla et observa leurs arrières à l'aide de sa lunette de fusil. À 300 mètres, deux talibans plus véloces que les autres tiraient en rafale à la kalachnikov. Après deux tirs de J.M., les deux belligérants ne représentaient plus aucune menace pour le duo. « 17 » positionna « 82 » sur ses épaules, grimpa encore, avant de se réfugier dans une petite grotte et d'activer la balise de détresse de sa montre. Après une interminable attente, ils furent évacués plusieurs heures plus tard par douze Anglais du Commandement des Opérations Spéciales, à bord d'un Chinook CH-47.

Dès l'arrivée à Kaboul, le médecin constata le décès de « 82 », estimant sa mort à plus de six heures, soit dix minutes après l'impact. Ce qui surprit, pour le moins, « 17 », qui rétorqua : « *c'est impossible, car, après qu'il a été touché, puis en attente de l'exfiltration par les renforts, nous avons engagé une discussion de plusieurs heures, lors de laquelle, il m'a tout raconté de sa vie* ». Le toubib l'observa un long moment, sans prononcer le moindre mot. En revanche, le colonel, qui assistait silencieusement à l'entretien, s'adressa à « 17 » : « *c'est bien la preuve qu'il y a quelque chose après la mort !* ».

Une interrogation qui tourmente, encore aujourd'hui, J.M. : « *ce jour-là, j'ai eu un sérieux doute, serait-ce la preuve qu'il y a véritablement quelque chose après la mort ? Je n'ai toujours pas la réponse. Qui mourra, verra !* ».

1- Retrouvailles d'après cavale.

Quelques années plus tard...

Ce 13 décembre 2021, je marchais seul, plongé dans mes pensées, sur la splendide Promenade des Anglais, à Nice. Comme d'habitude, nulle journée ne parvenant à me faire oublier mon passé de flic, surtout dans cette région où quelques anciennes enquêtes judiciaires, à charge puis à décharge, m'interpellaient encore. Tournant le dos à l'aéroport, je progressais vers mon lieu de rendez-vous, profitant d'une surprenante température quasi estivale pour la saison, ébloui par la réverbération du soleil sur la baie des Anges.

Commandant de police retraité par anticipation... depuis le 1er avril 2018, je devais rencontrer, ce jour, une vieille connaissance du milieu, qui venait de mettre fin à treize longues années de cavale. Œuvrant dans le cadre d'un projet d'adaptation audiovisuelle de mon premier livre, « *L'incroyable destin de Blanco* », chez *BoD*, j'avais renoué le contact, quelques semaines auparavant, avec l'ancien recherché d'Interpol, que j'apercevais assis, à une cinquantaine de mètres, sur les célèbres *chaises bleues* de la Prom'. Toujours à l'affût, sans doute un réflexe de cavale, il se retourna vivement et vint dans ma direction, actionnant des coups de tête à 360°, avant de me donner l'accolade, tels deux vieux vétérans.

---Ça fait plaisir, Blanco. Fallait absolument que je te vois, j'ai des choses à te dire et un service à te demander, car j'ai su, par des gars de la D.C.P.J. (Direction Centrale de la Police Judiciaire) de Nanterre, que tu écrivais des bouquins.

L'échange fut intense, mais très bref, *J.M.* ne souhaitant pas s'éterniser trop longtemps à découvert. Il me remit un numéro de téléphone lituanien et une adresse où le rejoindre, au nord de l'Italie.

---Viens m'y voir dès que possible, Blanco !

Son insistance m'empêcha de décliner l'invitation, malgré mon départ programmé avec ma compagne, Betty, sur l'île de Saint-Martin le 25 décembre. Parvenant, tant bien que mal, à la persuader que je viendrais la rejoindre plus tard, je m'organisais pour honorer le rendez-vous avec *J.M.*, avant la fin du mois, le temps de m'acquitter des tâches pour lesquelles Betty et moi-même étions venus ici.

Pour la petite histoire, *J.M.* était un vieux cheval de retour que je devais faire « tomber » en 2006 dans le cadre d'un trafic international de voitures, alors que j'officiais en qualité de chef du groupe auto à la Sûreté départementale des Alpes-Maritimes. Je n'ai plus très bien l'affaire en tête, mais il s'agissait sans doute de cartes grises falsifiées, ou un truc du genre, pour faire entrer, dans l'hexagone, des véhicules volés ou escroqués en provenance d'Italie. Si mes souvenirs sont bons, son nom m'avait été balancé par un cador italien de l'automobile. Mais, alors que la programmation de son interpellation se comptait en jours, je reçus un appel téléphonique d'un commandant de police officiant dans un grand service de police à Paname, à la Direction Centrale de la Police Judiciaire, me demandant d'« élargir » son « agent de renseignements », lequel, disait-il, avait permis à la police française de réaliser la plus belle affaire de passeports volés de son histoire, deux ou trois ans auparavant. J'en avais effectivement entendu parler et j'acceptais sa proposition, dans les règles de l'art, en toute transparence avec les parquets respectifs ; fort heureusement, puisque la *police des polices* me demanda des comptes, deux ans plus tard. Ces négociations n'étaient acceptables qu'à la seule condition qu'il se constitue prisonnier pour s'expliquer sur cette affaire et, bien sûr, m'en apprenne davantage sur ce réseau.

Contrat qu'il remplit loyalement quelques jours plus tard. Pour l'anecdote, il se pointa dans mon bureau de la Caserne Auvare à Nice, un lundi après-midi, alors que je sortais d'une éprouvante permanence criminelle. Je ne me sentais plus la force d'affronter ce charismatique visiteur et le confiais à mon adjoint. Quelques minutes plus tard, je ne fus pas surpris de voir *J.M.* prendre lui-même sa déposition, mon second scotché face à lui sur le siège visiteur. Je lui redonnais rendez-vous le lendemain, même lieu, même heure

Ainsi, après une bonne nuit réparatrice, je l'installais dans mes quartiers pour engager la discussion. De nature entreprenante, *J.M.*, dont la vivacité d'esprit et le débit de paroles me surprirent, s'annonça comme un probable nouvel agent de renseignements de mon service, dans une matière qu'il semblait parfaitement maîtriser, le trafic international auto. À l'époque, je traitais une centaine de procédures, dont quelques commissions rogatoires de hautes factures. Je lui laissais entendre que je pouvais me passer de ses bons offices, l'essentiel étant qu'il n'opère plus dans le cadre de ma lutte spécifique ; de surcroît, j'avais déjà tissé une belle toile pour cadenasser les velléités des trafiquants et, à cette période, je bénéficiais encore de la confiance des magistrats, qui sera mise à mal à la suite d'un gros travail de fond de mes détracteurs locaux… Il persistait et signait, malgré ma position de distanciation sans équivoque, sachant que je ne pouvais fermer la porte à ce type de pointure, plutôt rare sur le marché du renseignement. Il m'invitait, quelques jours plus tard, dans son appartement situé à la frontière italienne pour faire étalage de son talent et de son avancée en matière d'équipements technologiques, tels les brouilleurs en tout genre et une maîtrise évidente de l'outil informatique, sans compter les nombreux réseaux internationaux qu'il semblait avoir apprivoisés. Il m'invita d'ailleurs dans un superbe restaurant sur la French Riviera, avec son avocat, dont je tairais le nom, qui tentât, quelques mois plus tard, de me tendre un piège pour satisfaire aux diligences de personnes malintentionnées, ne méritant pas davantage d'être nommées dans un quelconque ouvrage lié à ce noble métier de flic. Puis, nous restions en contact, jusqu'à ce qu'il me rende à nouveau visite, me proposant de m'offrir mille actions *ATI PETROLEUM,* en juillet 2007.

---J'insiste pour te les offrir, Blanco, pour service rendu.

Offre que je déclinais, bien entendu, m'étant toujours positionné de sorte à ne jamais me faire rattraper par la patrouille, d'autant que je savais déranger pas mal de monde dans la région. Bien m'en prit, puisque cette introduction en bourse sur le Marché Libre, se passant, ainsi, de la validation de l'Autorité des Marchés Financiers, se retrouvait au cœur d'une présumée escroquerie de grande ampleur, faisant les choux gras à la Une de médias nationaux. Le parcours d'*ATI PETROLEUM* avait effectivement de quoi laisser dubitatif, puisqu'introduite à 0,18 €, la valeur de l'action atteignait 7,10 €, valorisant la société à hauteur de 850 millions d'euros. Une information judiciaire était ouverte au Tribunal de Grande Instance de Grasse dans les Alpes-Maritimes pour « escroquerie en bande organisée sur les marchés financiers ».

Je ne le revis plus, il disparut subitement de la circulation, non pas en corollaire de cette affaire, mais pour tout autre chose. Je n'eus le temps de m'y intéresser, puisque, à cette époque, je subissais de terribles attaques internes et externes et devais faire face aux « montages » d'affaires ayant vocation à me déstabiliser, et ce, pour des raisons peu valorisantes de la part de mes lâches détracteurs. Fort heureusement, j'en sortais grandi presque deux ans plus tard…

Toujours est-il, qu'au cours de cette traversée du désert, l'Inspection Générale de la Police Nationale de Marseille vint me rendre une énième petite visite à Nice pour m'auditionner dans le cadre de cette affaire d'action boursière et celle relative à la cavale de J.M., qui avait pris la tangente à la suite d'une extorsion de fonds dont il était soupçonné d'avoir commise dans le sud de la France en 2008. Ne trouvant aucun élément susceptible de mettre en cause ma probité, les deux commandants, B. et S., que je salue au passage, puisqu'ils ont travaillé à charge comme à décharge, donc dans mon intérêt, m'interrogèrent sur les circonstances dans lesquelles j'avais élargi l'intéressé, deux ans auparavant. Une fois de plus, ayant agi en toute transparence, je fus dédouané de tout soupçon, d'autant qu'un commandant de police, *Pierre B.*, ex-Office Central des Biens Culturels, officiant ensuite à la Direction de la Coopération Internationale, en poste à Madrid, confirma mes déclarations.

Bref, ce 26 décembre 2021, je prenais un itinéraire « sécurisé » pour atteindre le point de rendez-vous transalpin, à mille mètres d'altitude, dans le Piémont, endroit totalement exsangue d'œil indiscret. *J.M.* m'invita à entrer dans l'habitation et m'installa près du feu de cheminée. Deux ans plus « jeune » que moi, il arborait une tenue militaire kaki. Je ne fus pas surpris de son accoutrement, car, avant sa cavale, il m'avait fait part d'une double vie ponctuée d'OPEX, c'est-à-dire d'opérations extérieures militaires secrètes. Il ouvrit le bal par les sujets sur lesquels les *bœufs-carottes* m'avaient interrogé à l'époque.

---Lorsque l'affaire d'*ATI PETROLEUM* s'est déclenchée, les flics parisiens m'ont conseillé de prendre attache avec toi, Blanco : « *demande au cow-boy de Nice de t'aider, il appellera le juge* Jean-Pierre M. *à Grasse* ».

---Pourquoi les flics de Paname m'appelaient ainsi ? ».

---Ils faisaient référence à ta fusillade avec l'ex-ennemi public numéro un, en Guadeloupe. Mais peu importe, je te dois quelques explications sur le dossier *ATIP*. J'avais été chargé de commercialiser les actions par *Christophe G.,* tu sais, celui des pièces jaunes, lequel m'avait été présenté par *Kévin D.*, fils de l'ex-PDG de Fuji France. Malgré le remue-ménage et l'ouverture rapide d'une information judiciaire, un non-lieu avait été rapidement prononcé en 2008, sans doute parce que, via un intermédiaire, une très haute personnalité politique, que je ne peux citer, s'était engagée à hauteur de 150.000 €. Le seul magistrat qui avait vu clair dans cette affaire était ce juge, *Jean-Pierre M.*, contrairement à sa consœur qui souhaitait ma tête et avait été instrumentalisée par le gendarme *D.* qui m'en voulait pour d'autres raisons que le Code de procédure pénale.

---Ok, *J.M.*, et quid de l'affaire d'extorsion de fonds de 2008 et des deux flics incarcérés ?

---C'est encore ce *D.* qui monta cette affaire en épingle en influençant la juge *B.* de Grasse. Pour faire court, j'avais été averti, par un policier transalpin de la financière, qu'un italien de Monaco, *Paolo P.*, commettait une escroquerie de haut niveau, détournant 1 € sur les facturations ADSL, via un ver informatique, piégeant les usagers de sites pornographiques. J'informais la financière de la DCPJ à Nanterre, le flic *B.* et un de ses collègues, pour leur donner accès au compte Skype du gars. Mais ce service refusa de traiter l'affaire, prétextant qu'il ne voulait pas s'engager sur ce terrain. Bref, de nature curieuse, je prenais contact physiquement avec *Paolo P.*, devant le commissariat d'Antibes. Il afficha un air plutôt fébrile, pensant que je lui mettais la pression, alors que je voulais juste assurer le coup en cas de pépin. Je ne voulais pas me faire buter, car son escroquerie lui rapportait la bagatelle de 3 millions d'€ par mois. Le lendemain, il me rendit visite au *Vista Palace* à Roquebrune-Saint-Martin et me proposa 300.000 € pour geler les services de police français et italiens. Transaction que je n'acceptais pas dans la mesure où la financière ne s'engageait pas avec moi dans la partie.

Pensant que cette affaire avait fait long feu, je fus surpris de recevoir un appel « bienveillant », un mois plus tard, m'avertissant que la juge de Grasse, B., voulait ma tête ; puis, vers 2 heures du mat, un second coup de fil, non identifié celui-ci, me conseillant de déguerpir au plus vite. Bien m'en prit, car les services de l'Inspection Générale de la Police Nationale de Marseille firent irruption chez moi, à Menton. Deux flics étaient interpellés, un de la brigade financière du commissariat de police d'Antibes et l'autre du Centre de Coopération Police-Douane de Vintimille. Tu piges, Blanco ? C'était très chaud.

---Tu m'embrouilles là, J.M. Pourquoi l'option de la cavale, s'il n'y avait d'infraction à la loi pénale ?

---Le gendarme D. voulait absolument ma peau et avait réussi à convaincre la juge de Grasse. De plus, dixit mon informateur, le policier d'Antibes aurait reconnu avoir reçu la somme de 10.000 €, espérant ainsi une faveur de l'I.G.P.N. J'ai tout de suite réalisé que mes nombreux contacts police me lâchaient sur cette affaire. Je ne voulais pas aller en taule pour quelque chose que je n'avais pas fait. Tu comprends, Blanco ?

---Pourquoi ne pas avoir pris attache avec moi à l'époque, J.M. ? Si tu n'avais rien fait, tu sais que j'aurais pu l'prouver. Ou alors, tu as déconné ?

---Je savais que tu faisais face à une grosse adversité dans la région et en Italie, tu dérangeais du beau monde. Avec tes affaires de bagnoles, rien ne t'échappait dans le coin, Blanco. (Rires). Puis, te connaissant, tu m'aurais demandé de me constituer prisonnier pour m'expliquer, alors que la tendance m'était défavorable. J'étais quasi sûr d'aller au trou.

---J.M., tu me prends pour un lapin de six semaines. J'ai du mal à croire que tu puisses refuser 300.000 €, alors que tu avais verrouillé, à ta manière, certains flics et services. Tu m'feras pas avaler cette couleuvre.

---Crois c'que tu veux, Blanco. C'est ton droit. (Sourire). Le flic de Vintimille a nié les faits et celui d'Antibes a reconnu, l'abruti. Apparemment, il chialait comme une merde. Bref, c'est du passé maintenant.

---Ouais, t'as raison, J.M., et ta cavale, alors ?

---Lorsque j'ai reçu le second appel téléphonique, vers 2 heures du mat, j'étais déjà planqué en Italie. J'avais passé la frontière dès le premier avis de source policière que, tu comprendras, je ne puis révéler.

---T'as bien une idée de l'auteur du second coup de fil ?

---Vraiment pas, Blanco. Peut-être s'agissait-il d'un appel de l'I.G.P.N., pour s'assurer que j'étais à mon domicile, ou pour m'interpeller si j'en sortais ? Va savoir ? Ils ne sont pas si bêtes les bougres. (Rire).

---J'te connais trop bien, J.M., je pense que de ta planque ton téléphone devait activer une borne proche de ton appartement ? De cette manière, tu as, une fois de plus, roulé tout ce p'tit monde dans la farine.

---On n'peut rien t'cacher, Blanco. (Rire). J'ai envoyé un « observateur » à 6 heures qui m'a confirmé que les *bœufs-carottes* avaient fracturé la porte de mon appartement. Et, plus bizarre, dans la même matinée, vers 10 heures 30, un couple est entré chez moi. Je ne sais pas qui ça pouvait être. Était-ce en rapport avec le coup de fil anonyme ? Je le saurai peut-être un jour.

---Peut-être les services du renseignement, en off ? Bref, *J.M.*, revenons à ta cavale. Où étais-tu planqué ?

---Je suis resté quelque temps dans les terres, en Italie, avant de rejoindre la Lituanie pour une durée de quatre mois. Ayant pas mal d'argent devant moi, j'ai pu profiter de la belle vie, pendant que les flics français me cherchaient. (Sourire). Je ne savais pas qu'ils t'avaient entendu sur ces affaires, désolé, Blanco. Ensuite, j'ai pris un bateau à Gênes à destination de l'Espagne. Grâce à mes contacts, j'ai pu voyager clandestinement, même si les tarifs sont beaucoup plus élevés que pour un passager lambda. J'ai encore passé quatre mois de vacances à l'hôtel Ibis de Castel de Felde, près de Barcelone, forcément sous une autre identité. Puis j'ai végété, durant toutes ces années, dans les Balkans. Ma cavale m'a coûté très cher, bien au-delà d'1 million d'€, j'ai claqué tout mon cash ; tout est plus onéreux lorsqu'on veut rester anonyme. Je savais faire l'objet de deux fiches d'Interpol, l'une, émise par l'Allemagne, pour évasion déguisée en fraude fiscale ; l'autre, initiée par la France, pour l'extorsion de fonds avec violence, soi-disant au préjudice de *Paolo P.*

---C'est quoi cette affaire d'évasion en Allemagne ?

---Du calme, je t'explique, Blanco. Cette fiche de recherche d'Interpol datant du 2 mars 2002 correspondait, officiellement, à une affaire judiciaire de fraude à la T.V.A. pour laquelle j'ai été poursuivi et incarcéré fin 1996 en Allemagne. Il m'était reproché d'être auteur d'escroqueries, accusé de vendre des voitures en Bulgarie, en provenance d'Allemagne, sans m'acquitter des taxes *ad hoc*. Une autre plainte avait également été déposée à mon encontre pour le vol d'une auto. Mais réellement, c'est pour une autre raison que cette fiche a été diffusée par les Allemands. Après mon incarcération à la prison de Düsseldorf, j'ai sollicité le Consul italien, *Paulo D.*, qui s'est déplacé de Cologne pour me rendre visite en taule. Ses consignes furent très claires : « *je sais que vous travaillez avec les services secrets italiens, mais, dans un souci de discrétion, vous devez garder le silence et purger votre peine d'emprisonnement, ça ne devrait pas être trop long* ».

---J'imagine que ça n'a pas dû te faire plaisir, J.M. ? Peux-tu me parler de ce fameux dossier italien ?

---J'étais fou de rage, Blanco, surtout que je me trouvais en Allemagne pour le compte de *P. de C.*, un Colonel des carabiniers, qui m'avait chargé d'infiltrer un réseau mafieux italien qui préparait le braquage d'une grande enseigne en Italie. Face au mutisme italien, j'en ai tenu langue, ensuite, à la Procureure de Düsseldorf, *Frau B.*, qui me proposa, en échange de me faire sortir, de travailler en qualité d'agent de renseignements pour les services de police allemands. Mais la décision traînait et je sentais que j'allais faire une connerie en taule, étant à deux doigts de tuer un pédophile qui avait exhibé des photos d'enfants dans sa cellule. J'ai donc tenté de m'évader à deux reprises. La première fois en sautant des escaliers pour me blesser, mais je n'ai pas été transporté à l'hôpital. La seconde fois, je me suis planqué dans un carton, en lieu et place des savons que nous conditionnions, mais les transporteurs m'ont déposé dans la cour où se trouvaient les geôliers, j'ai sûrement été balancé par un fumier de taulard. En guise de représailles, j'ai été jeté, à poil, dans une sorte de bunker, pendant trois jours. Ma persévérance a payé, car j'ai enfin réussi mon évasion le 24 décembre 1996. Lors d'une livraison, je suis parvenu à me dissimuler sous l'essieu arrière d'un camion, duquel j'ai sauté lors d'un ralentissement, avant de poursuivre ma progression via un petit cours d'eau glacé. J'ai volé une *Golf 2*, passé la frontière belge sans encombre, pour me retrancher dans la région de Mons. Ensuite, j'ai regagné l'Italie. En fait, les Allemands n'ont pas voulu reconnaître que l'on pouvait s'échapper du centre pénitentiaire, dans lequel aucune évasion n'avait été perpétrée depuis cent ans, c'est pour cette raison que le motif de la fiche de recherche pour fraude fiscale ne collait pas à la réalité. Finalement, j'y étais resté emprisonné quatre mois et demi.

---Ouais, tu es toujours dans les bons coups, à ce que je vois, *J.M.*, comment a pris fin ta folle cavale ?

---Ce n'est qu'en 2021, qu'un ami lituanien, *Egigijus*, m'a informé, via une ambassade russe en Afrique, que mes fiches de recherche étaient caduques depuis cinq ans. Tu imagines bien que les boules me sont montées, j'avais perdu treize ans de ma vie, au lieu de huit. J'ai rapidement avalé la pilule, soulagé de retrouver ma liberté. Étonnement, quelques jours plus tard, tu reprenais contact, alors que j'envisageais de le faire.

---Pour quelle raison as-tu besoin de mes services ?

---Je voudrais que tu écrives mon histoire, il y a beaucoup de choses que tu ne connais pas de moi, même si, à l'époque, je t'avais parlé en filigrane de mon statut informel dans les services secrets italiens. Aujourd'hui j'éprouve le besoin d'exprimer mon ressenti, même de manière anonyme pour l'instant, pour ne pas m'attirer de nouveaux ennuis. J'ai bien pensé allier la réalité à la fiction, à l'instar de tes polars hybrides, mais les gens ont besoin de vérité, et je sais pouvoir faire confiance à ton intégrité. Toute ma vie, j'ai contribué au système, j'ai servi différents États qui, ensuite, m'ont lâché. J'ai réalisé tant de choses aussi bien positives que négatives, respectant toujours les contrats. Je fus sans doute la marionnette la plus disputée et payée de ces vingt dernières années, autorisée à presque tout, utilisé dans moult opérations extérieures, espérant ne pas être compromis à chaque changement de courant politique. J'ai vécu des tourments, accepté tant et décliné si peu, emprunté diverses identités. Je suis fatigué, Blanco, cette cavale m'a détruit, m'a tout pris. Pourtant, avant de me retirer définitivement de la scène, j'ai décidé de reprendre attache avec toi, pour retranscrire mon récit, sachant que tu n'en es pas à ton premier livre, sans compter que ta probité n'a pas d'équivoque.

---Je veux bien, mais je ne peux cautionner que le volet police, car je connais bon nombre de tes affaires, notamment celle des passeports volés…

J.M., le sourire aux lèvres, se leva, fit quelques pas devant la cheminée et s'engagea dans un come-back.

---C'est sans doute la plus belle affaire de passeports volés, réalisée par la police judiciaire de Paname. En 2004, j'étais contacté par le Commandant de police, *Pierre B.*, et le Commissaire *Marcel F.*, qui me demandaient de m'infiltrer dans une équipe du sud de la France, qui avait braqué un fourgon contenant quatre cent cinquante passeports vierges. Fort de mes contacts dans cette région, je prenais attache avec *M.*, dans le Var, la tête du réseau, prétextant que je connaissais un acheteur pour la totalité du lot, à raison de cinq cents euros l'unité, soit un montant de plus de deux cent mille euros. Le Corse acceptait ma proposition et m'organisait un rendez-vous, à Nice, avec le détenteur des passeports. Le deal, avec les flics parisiens, était de mettre en place un « coup d'achat » avec de faux billets de banque. Descendu à l'*hôtel Negresco* sur la Prom' à Nice, je reçus la visite d'un autre Commandant de police de la DCPJ de Paris, *Antoine M.*, pour la mise au point des derniers réglages, au bar de l'hôtel, « le relais », dont les tableaux du XVIIe siècle et ses boiseries en noyer du début du XXe proposaient un décor à l'opposé du lieu de résidence des auteurs du braquage, élisant domicile aux cités de l'*Ariane*, à Nice, et la *Zaïne*, à Vallauris. Via *M.*, je rencontrais l'un d'eux à l'hôtel *Ruhl*, à deux pas du *Negresco*, à qui je présentais le potentiel acheteur, dit « *Le Vieux* », un agent de renseignements du la DCPJ de Paris. Ils échangèrent leurs coordonnées pour fixer les modalités de la transaction qui devait se réaliser le lendemain, même heure, même endroit.

---T'as pris un gros risque, le Corse te connaissait bien ?

---C'est clair, mais je voulais rendre service aux flics parisiens. Tu te doutes bien que je ne suis pas allé au rendez-vous du lendemain. Lors de la transaction, toute l'équipe du braquage du fourgon fut interpellée en possession des quatre cent cinquante passeports vierges, et « Le Vieux » était élargi un peu plus tard, sans doute pour raison médicale ou un autre truc de ce genre, vous savez faire. (Sourire). Cette affaire connut un grand retentissement médiatique et un profond soulagement au sein des autorités françaises, ainsi que de celles des États-Unis, qui subissaient également la pression liée à la montée du terrorisme. Je ne te fais pas de dessin avec ce que les islamistes radicaux peuvent faire avec des passeports vierges. Quelques jours plus tard, feignant de venir au renseignement, j'ai pris contact avec un des lieutenants de M., la rencontre fut tendue, mais je parvenais à lui faire entendre que le coup de filet n'aurait pas eu lieu si j'avais assisté à l'échange. J'eus le privilège d'être reçu, en catimini, non pas à l'adresse officielle de l'Ambassade des États-Unis, sise 2 avenue Gabriel dans le 8ème arrondissement de Paris, mais dans un endroit suffisamment discret pour que j'en taise la localisation. La « B. Colombe » la fameuse brigade parisienne, y recevait également toute la gratitude des Américains.

Fier de me narrer cette affaire, J.M. garda le sourire aux lèvres, jusqu'à ce que je le sorte de ses pensées.

---Je connais tout ça, J.M., je ne rencontre aucun problème à l'écrire. Mais pour le reste...

J.M. me coupa une nouvelle fois la parole.

---Pour le reste, on poursuivra demain, Blanco, il se fait tard, allons plutôt nous reposer.

Malgré mon insistance à ce qu'il poursuive son récit, rien n'y fit, son regard était déjà ailleurs, perdu dans la lueur des flammes de la cheminée. La suite devra attendre. Bien entendu, je ne trouvais pas le sommeil, non seulement en raison du froid glacial qui me figeait le moindre millimètre carré de peau, mais surtout sur le bien-fondé de ma présence ici. Ne dérogeant pas à mes anciens réflexes d'enquêteurs, j'avais pris soin, à son insu, avant ce rendez-vous pour le moins singulier, de localiser et d'entendre, distinctement, ses parents, séparés, et son frère, sur la manière dont ils percevaient l'artiste.

Son père, octogénaire solitaire posé, dévoreur d'un livre par jour, un petit verre de rosé à portée de main : « *c'est un petit gars gentil, dans le fond, mais je n'ai jamais su ce qui l'animait réellement. On ne sait pas trop ce qu'il a fait tout au long de sa vie, il n'en disait jamais rien. Parfois, il disparaissait de notre environnement, pendant de longues périodes, puis il réapparaissait, comme si de rien n'était. Il est d'ailleurs parti très tôt de la maison, à peine adolescent. J'ai compris qu'il était en cavale ces dernières années, mais je ne sais pour quel motif. J'ai souvent craint que l'on m'annonce sa mort. Que les services de police et de gendarmerie le recherchaient me rassurait quant au fait qu'il était toujours en vie. Je me souviens qu'un policier me demandait où se trouvaient ses affaires, je lui répondais que tout était dans ce sac de sport noir. Petit, il respectait les gens, je lui reprochais même d'être trop tendre. Mal m'en eut pris, car je me rappelle d'une anecdote où, à l'âge de 5 ou 6 ans, j'avais été sommé de le récupérer à l'école, il avait fracassé le crâne d'un autre élève sur un radiateur en fonte. Ensuite, il attaquait systématiquement, dans la rue, chaque enfant qui lui avait causé du tort. Ça devenait compliqué à gérer. Tout petit, il me rétorquait déjà : « si je ne le fais pas, qui va le faire pour moi ? ».*

Sa mère, une septuagénaire, dont l'allure ne me laissa en rien présager que ses printemps flirtaient pourtant avec le seuil des 80 ans, ancienne soixante-huitarde, hyperactive, parfaite sur elle, me dévisagea en me serrant franchement et longuement la main. Son fils, plutôt avare de confidences, lui avait tout de même parlé de moi, au milieu des années 2000, puis récemment, lorsque je repris contact avec lui. Elle ne s'en étonna pas : « *j'étais persuadée que vous viendriez me voir, vous n'êtes pas homme à laisser les détails de côté. Je ne sais pas ce que vous devez faire avec mon fils, mais essayez de le préserver, sa cavale l'a épuisé, il est maintenant sans le sou, même s'il possède un petit patrimoine immobilier. Il souffre également physiquement, il a pris une balle de 9mm dans le ventre, il y a quelque temps. Je ne l'ai pas réellement élevé, je me suis séparée rapidement de son père et suis partie travailler en Afrique, pendant une trentaine d'années. Au début, c'était un gentil petit, mais il s'est vite rebellé, jusqu'à devenir plutôt violent, selon les circonstances. Il est, lui aussi, vite parti de la maison pour aller vivre en Italie, dans la famille* ». Elle me complimenta sur mes livres qu'elle avait lus et me posa quelques questions sur leur contenu : « *on voit que ces livres sont écrits par un flic qui a du vécu, vous êtes franc, ne changez pas !* ». Je la remerciais pour le compliment, puis, elle m'administra une franche accolade, semblant rassurée.

Son frère, beaucoup plus jeune, que je parvins à rencontrer sur *La Croisette* à Cannes : « *J.M. a dû avoir au moins huit vies, mais il ne nous a jamais fait part de ses activités obscures. C'est un solitaire qui disparaît et réapparait sans prévenir. Après son interminable cavale, je l'ai trouvé très amoindri physiquement, sans doute fragilisé par la balle qu'il a reçue dans le ventre. Même si j'en savais plus sur lui que ce que je vous dis, je me tairais. C'est à lui de prendre la décision de vous parler ou pas, de ce qu'il va vous demander d'écrire ou pas. Je sais juste qu'il a confiance en vous, ne le trahissez pas, comme les autres l'ont fait* ».

Ces entretiens ne firent qu'attiser ma curiosité et la responsabilité qui semblait devenir mienne. Mais pourquoi m'infliger ce contretemps, alors que je pouvais rester paisiblement auprès de ma moitié, sur cette magnifique île de Saint-Martin, à écrire un nouveau polar dans la série *Blanco* ? Sans doute que je devais me trouver, seul, à trois heures du mat, dans cette chambre froide, à plus de mille mètres d'altitude, uniquement réchauffé par l'odeur de fumée du feu de cheminée. Je contactais ma compagne, Betty, qui perçut mon embarras. Je la rassurais, j'avais juste besoin d'entendre sa voix et la présence de mon chien, *Lucky*, à ses côtés. Je ne sais pas si je dormis réellement cette fameuse nuit du 26 au 27 décembre. Toujours est-il que vers 6 heures, une réconfortante odeur de café vint me titiller les narines. Je sortis du lit, tout habillé, comme je m'étais couché, et je me dirigeai vers la cuisine. La mère de *J.M.* nous avait rejoints, discrètement.

---Tiens, Blanco, un vrai café italien, tu en auras bien besoin avec lui !

« Avec lui », le ton était donné. Je devais m'attendre à ce que ça ne soit pas une sinécure. *J.M.* se leva quelques minutes après et me vit en train d'écrire.

---Toujours dans l'écriture, Blanco ?

---Ouais, *J.M.*, je mets un peu d'ordre dans ce que tu m'as dit. Je crois qu'on va avoir du taf. Alors assieds-toi, prends ton café et réponds aux questions.

---Oh, du calme le flic, t'es pas au boulot, là !

---Écoute mon gars, je n'ai pas l'intention d'écrire n'importe quoi. L'enjeu est aussi important pour toi que pour moi, c'est notre crédibilité qui est en jeu !

Je le prenais à froid, forcément, il devait faire à peine douze degrés dans la pièce, il s'était levé du mauvais pied, mais, renfrogné, se plia à mes exigences, sous le regard perçant de sa mère qui respecta notre intimité en disparaissant, autant par discrétion que pour ne pas trop en savoir sur le passé de son fils.

---*J.M.*, cette nuit nous sommes restés sur le volet police que je cautionne non seulement en tant que témoin, mais aussi sachant que d'autres peuvent en témoigner. Mais quid de tes « opérations extérieures ». Quelles sont-elles et comment peux-tu en prouver l'existence ?

---Je sais ce que j'ai fait ! Tu connais le volet police, alors pourquoi devrais-je me justifier sur les *OPEX* ?

---Parce que j'ai besoin d'avoir des certitudes pour que le lecteur puisse se faire son opinion. Tu sais que les paroles s'envolent, mais que les écrits restent.

---Tu m'gonfles, Blanco, avec tes citations à deux sous...

Je lui coupais immédiatement la parole.

---Que ce soit bien clair, *J.M.*, j'imagine que tu n'as pas fait dans la dentelle lors de tes *OPEX* et qu'il y a sans doute des missions sensibles susceptibles de t'attirer des ennuis et, corollairement, à moi aussi. Mais saches que tu ne m'as pas fait faire le déplacement pour rien. Soit on attaque dans le bois dur, soit j'me casse.

J.M. se leva, la tasse de café à la main, il parcourut la grande pièce à vivre, dans la pénombre, il se retourna vers moi, qui étais toujours assis dans la cuisine face à mon ordinateur, me regarda quelques secondes, puis s'abaissa pour s'emparer de quelques brindilles, afin de réveiller les cendres à l'agonie. De premières flammèches vinrent éclairer son visage sans expression, puis, celles-ci s'intensifiant, il ajouta de petites bûches dans le foyer, jusqu'à entendre ce crépitement rassurant. Enfin, il plaça, au-dessus des flammes naissantes, de grosses bûches éclaircissant ainsi une grande partie du salon-séjour. À l'instar du feu gagnant en vivacité, son visage s'illumina distinctement, ses yeux retrouvèrent la flamme qui l'habitait autrefois, au bon souvenir de notre rencontre singulière d'il y a plus de quatorze ans, chacun ayant traversé son désert à sa manière. Il pressa le pas, nous resservit un café et s'installa devant moi, avant de m'aviser avec sa détermination d'antan.

---Je suis prêt, Blanco, tu as raison, je ne t'ai sûrement pas fait venir pour rien. Alors, au diable et advienne que pourra !

2- Mission : snipper au Liban.

J.M. dut se concentrer quelques instants, sans doute cherchait-il le bout de la ficelle pour commencer son récit. Il revint sur la période de sa vie, dans le sud de la France, lorsqu'il quitta ses parents et son frère, pour rejoindre son oncle et sa tante, dans la région de Modène, en Italie. Il n'y rencontra aucun problème d'adaptation, car le binational maîtrisait aussi bien l'italien que le français. Un sourire plus proche du rictus vint se dessiner sur son visage, lorsqu'il évoqua un épisode de sa scolarité catholique.

---J'ai essayé de le tuer, cet enfoiré de curé !

---Quel curé, J.M. ? Que s'est-il passé ?

---L'injustice régnait dans cette école religieuse, on prenait des claques pour un oui ou pour un non, voire pour ni l'un ni l'autre. L'humiliation était leur passe-temps favori. Je me souviens particulièrement du jour où ce prêtre m'a fait venir au tableau ; malgré ma réponse correcte, il m'asséna une énorme gifle en plein visage. Lui et l'ensemble des élèves m'observèrent avec stupéfaction. En effet, je ne fis étalage d'aucun sentiment, d'aucune souffrance, quand bien même je bouillais à l'intérieur et que je retenais mes larmes de rage comme de douleur. Quelques jours plus tard, je ne loupais pas l'aubaine qui se présenta de me venger de cet agresseur, lorsque je m'aperçus que ce lâche me précédait dans la descente des escaliers. Allez savoir pourquoi, ni vu ni connu, il dévala les marches bien plus rapidement qu'à l'habitude. Multifracturé, la tête ensanglantée, il perdit immédiatement connaissance. J'aurais aimé lui briser la nuque, mais il y avait trop de curieux. Les secours lui administrèrent les premiers soins, avant de le transporter en urgence à l'hôpital le plus proche. Je fus convoqué quelques jours plus tard dans le bureau de la direction. Sans doute que l'un des élèves m'avait balancé, puisque je m'étais assuré qu'aucun personnel de l'établissement ne puisse être témoin de la scène que j'estimais légitime. Je niais farouchement être l'auteur de cet acte et demandais la confrontation avec le potentiel rapporteur. Sans preuve, on me fit tout de même comprendre que ma présence dans cette enceinte n'était plus souhaitée. Je n'eus jamais de nouvelles de l'état de santé du prêtre, j'espère que, de cette leçon de vie, il ne commit plus aucune violence illégitime envers les élèves.

---Tu aurais tué ce curé, pour une claque, J.M. ?

---Pour sûr, Blanco, il a bien fallu que quelqu'un lui donne une bonne leçon. Sa mort ne m'aurait pas ému, quand bien même les problèmes rencontrés avec la justice italienne. J'aurais sans doute été contraint de franchir la frontière, ça me connaît. (Clin d'œil).

Le visage impassible, malgré la violence du récit, pire que *la loi du talion,* il poursuivit, imperturbable.

---De toute façon, je n'avais nulle intention de faire de longues études, j'étais déjà très attiré par une carrière militaire. D'ailleurs, j'entrais chez les commandos en août 1986 au S.M.I.P.A.R. à Pise, au 186ème régiment de para, à la 8ème compagnie Gazelle ; puis, je poussais la porte du 4ème régiment alpin chez les commandos paras alpins à Bolzano. Je me souviens d'une anecdote vécue en exercice de largage, lors de laquelle nos formations constituées devaient rentrer à la base sans se faire rattraper par les patrouilles. Notre groupe comprenait six binômes, mais nous restions que trois commandos en liberté, neuf de nos camarades, n'ayant pas voulu suivre ma stratégie, furent rapidement faits prisonniers. Il avait beaucoup neigé durant la nuit et nos tenues de couleur kaki faisaient tache. J'eus l'idée de briser la vitre d'une blanchisserie et d'enfiler des draps pour me fondre dans la nature recouverte d'un épais voile blanc ; l'effraction me semblant légitimée par la nature de la mission. Dans les bois, je parvins à me défaire d'un des traqueurs, lui assénant un coup de crosse en pleine face. Là encore, ce geste me paraissait être en accord avec l'objectif assigné. Trois jours plus tard, notre trio rentrait à la base, à la stupéfaction de la hiérarchie. Bien entendu, je faisais l'objet des premières demandes d'explication pour le nez et la vitrine brisés : *« Mon Commandant, la mission était de rentrer, coûte que coûte, à la base. Peu importe la manière, nous sommes les seuls à y être parvenus, sur une soixantaine de nos camarades. Preuve que le drapeau sait maintenant pouvoir compter sur nous. J'étais prêt à donner ma vie pour le prouver ».* Mon interlocuteur, sans voix, me donna pour instruction de me faire soigner l'épaule, une plaque de renfort, installée quelques mois auparavant, m'ayant percé la peau. Je subissais une intervention chirurgicale me plaçant quelque temps en indisponibilité.

---Tu y aurais vraiment laissé ta peau, s'il l'avait fallu ?

---Une mission est une mission, Blanco, tu sais que je ne suis pas du genre à faire semblant. Puis, je bénéficiais de l'insouciance de mes vingt ans.

---Je sais, *J.M.,* mais il ne s'agissait que d'un exercice ?

---Je te le concède, Blanco, mais comment pouvaient-ils se faire une idée de mon engagement total ? Pour preuve, deux à trois semaines plus tard, je recevais la visite, à la bibliothèque de Finale Emilia, d'un officier bien informé sur mon tempérament et mes aptitudes au tir à distance. Il me sourit longuement et s'installa devant moi. Sans se présenter, ni me demander qui j'étais, il entama un long monologue sur le patriotisme. Lorsque je mis fin, respectueusement, à son entrée en matière, il sortit une enveloppe jaune de dessous sa veste, la glissa sur la table pour me la mettre à portée de main et me demanda de l'ouvrir. Ce que je fis sans attendre. Il était question d'une proposition d'opération au Liban, pour laquelle, dixit ce militaire italien, je devais répondre rapidement. Lorsque je mis la main sur l'épaule convalescente, il précisa que cette blessure ne me gênerait pas pour la mission demandée. J'ai immédiatement accepté le deal, sans aucune hésitation. Même si j'étais très jeune, j'ai compris, ce jour-là, que je venais de mettre les pieds dans un système d'où il me serait peut-être difficile de sortir. Le pays avait besoin de moi, je me mettais à sa disposition. C'est pour cette raison que je m'étais engagé. Et puis, c'était trop tripant, Blanco. Ensuite, l'officier, que je ne revis jamais, s'est levé, me serrant fermement la main, en prononçant ces mots : « *omnia silendo ut audeam nosco. Arcana intellego* » ; je savais, dès lors, que je me trouvais dans le secret des dieux…sans doute sous un commandement non officiel. Dans cette enveloppe se trouvaient la somme d'un million et demi de lire, correspondant à cinq mille francs, une sacrée somme en ces temps-là, un billet de train à destination de Rome et l'adresse de la caserne *Forte Braschi*.

---Tu connaissais cette enceinte militaire ?

---Non, j'ai su qu'elle abritait les services secrets de l'armée italienne, le *S.I.S.M.I.*, rebaptisé *A.I.S.E.*, l'Agence d'Informations et de Sécurité Extérieure. Pour la petite histoire, l'accès me fut refusé, un militaire en civil me conduisit dans un hôtel à Rome, où je restais seul durant deux jours. Ce même bidasse me déposa à l'aéroport pour faire escale à la base aérienne militaire de Sigonella, en Sicile, où j'embarquais dans un C130, un avion de transport américain. Je voyageais en tenue civile, en compagnie d'autres militaires, dont certains portaient l'uniforme. Le type qui m'avait déposé sur le tarmac romain m'avait donné pour instructions de ne parler à quiconque. Ainsi, je m'engageais dans une guerre qui n'était pas mienne, mais qui représentait un intérêt certain pour mon pays, c'était l'essentiel.

J.M., le regard ailleurs, se souvenait de cet épisode comme de la veille, son atterrissage à proximité de Beyrouth, sa prise en charge par un militaire muet, excepté : « *c'est bien vous, Monsieur...* », et une allusion au fameux attentat du 23 octobre 1983 au Drakkar, causant la mort de cinquante-huit parachutistes français. On le fit entrer dans un immeuble gardé par les milices chrétiennes libanaises à Beyrouth-Est et monter au deuxième étage, où il remarqua la présence de militaires occidentaux portant des uniformes exsangues de distinctions nationales. Il fut reçu par un très haut gradé, presque la cinquantaine, une grosse carcasse, les tempes poivre et sel, les yeux verts, une cicatrice sous l'œil droit, parlant parfaitement français avec un léger accent anglais, qui lui expliqua son nouveau boulot : « *nous avons besoin de bons snipers pour assurer nos missions de patrouille* ».

---Tu avais une réputation de bons tireurs, *J.M.* ?

---Oui, chez les commandos je tirais avec un FALL 7,62x51mm Nato tir, j'avais été remarqué pour la précision de mes tirs à cent cinquante/deux cents mètres. C'est pour ça que j'ai été recruté au Liban.

---Tu appartenais aux Casques bleus de la F.I.N.U.L. ?

---Non, j'ai été conduit dans un camp d'une cinquantaine de militaires de plusieurs pays, en périphérie de Beyrouth. Le camp, en forme de triangle, était protégé par trois miradors, l'accès routier était entravé de blocs en béton anti-attentat-suicide. Les premiers jours de novembre 1986, on m'ordonna de servir de couverture, en qualité de tireur d'élite, aux diverses patrouilles nocturnes. On me remit trois chargeurs de trente cartouches de 5,56x45mm Nato, une mallette contenant un fusil finlandais *Valmet Sniper*, portée maximale 600m et une lunette thermique.

À ces mots, un sourire éclaira son visage, comme s'il avait reçu le plus beau des cadeaux de Noël.

---Quel était réellement ton sentiment, *J.M.* ?

---Je me sentais dans la peau d'un *Rambo*, j'étais hyper chaud. Imagine, Blanco, je n'avais que vingt ans. Puis, ici ou ailleurs, je ne manquais à personne, alors autant servir à quelque chose. La patrouille nous déposait séparément, à trois ou quatre tireurs, pour remplacer d'autres snipers, et venait nous récupérer, nous-mêmes relevés. Je travaillais deux heures par nuit, cinq fois par semaine et tirais trois à quatre coups par vacation. Je me positionnais genou au sol, à deux mètres cinquante des ouvertures, un casier en bois pour poser le bipied, deux sacs de sable pour bloquer le fusil et éventuellement freiner une balle ennemie. Je posais mon Beretta 9mm, chargeur quinze cartouches, sur la caisse, si quelqu'un arrivait derrière moi, je n'aurais pas le temps de retourner le fusil. J'installais deux autres supports à des endroits différents de l'immeuble désaffecté dans l'hypothèse où je devais changer de poste de tir, m'installant toujours en position la plus haute possible. À une distance relativement courte de trois ou quatre cents mètres, je tirais sans véritable calcul, j'appelle cela la visée de chasse, utilisant uniquement les phases respiratoires, toujours surpris par le départ du coup. Pour ne pas me faire repérer, je plaçais un chiffon mouillé pour masquer la flamme, je couvrais le fusil d'un drap militaire kaki.

---Tu dois sans doute te souvenir de ton premier tir ?

---Une première fois ne s'oublie jamais, Blanco. (Sourire). Les consignes étaient claires, nous ne tirions que si l'ennemi avait fait feu, donc, lorsque la chaleur de son canon apparaissait distinctement à la lunette thermique. Ce qui fut le cas, à peine installé, lors de ma première nuit. À deux cent cinquante mètres, au troisième étage d'un immeuble, je repérais une source de chaleur, le tireur, s'étant positionné en retrait d'une fenêtre, avait placé son fusil en position verticale après le tir. La lunette thermique m'indiquant la position du corps, je mettais en joue le sniper. La souplesse de l'arme me surprit, j'avais d'ailleurs positionné mon œil directeur assez loin de la lunette de visée, envisageant un recul plus sensible. Je vis les deux sources de chaleur tomber au sol. Cette première nuit, je faisais un 3 sur 3.

---Quel était ton sentiment d'avoir tué, *J.M.* ?

---Uniquement la satisfaction d'avoir atteint mes cibles, comme dans un jeu vidéo. Ce n'est pas comme toi, Blanco, qui a dû tuer au corps à corps ; dans mon cas, je bénéficiais de la distance. Et puis, j'ai toujours aimé le tir, gamin, je tirais déjà sur des pigeons ou des profs que je n'aimais pas. D'ailleurs, je ne regrette que d'avoir tué ces pauvres bêtes inoffensives et sans défense.

---Aucun remords concernant tes cibles humaines ?

---Non, je ne tirais que sur des sources de chaleur et on ne verbalisait pas sur nos tirs. Nous déposions nos scores, au camp, dans des boîtes aux lettres en forme de trous, numérotées dans le mur, le mien était le 71, précédé d'une lettre. Nous possédions un calepin avec la topographie des immeubles, à chaque tir nous devions cocher une fenêtre ou une porte. J'appris, plus tard, que nos cibles étaient vérifiées, puisqu'un samedi soir, de repos, au bar du campement, un lieutenant anglais, enivré, m'adressa la parole en citant mes nom, prénom et surnom de tireur. Il me serra la main et ouvrit la discussion : « tu es le top one des snipers, bravo ! ». Il m'informa être le chef du groupe des archives militaires à Beyrouth, s'occupant, disait-il, des comptes morts, et savoir que, selon les rapports des divers chefs de patrouilles nocturnes, ceux-ci souhaitaient que je sois celui qui les couvrirait. Ne pouvant trahir le secret militaire, il m'annonça tout de même mes 284 snipés. Quelques jours plus tard, je réussissais à le convaincre de m'en dire un peu plus, profitant de l'avoir fait boire plus que de raison. Ma réaction fut différente…

J.M. se leva et fit quelques pas en direction de la cheminée, dont le crépitement parut le réconforter. Il remit quelques bûches dans le foyer, revint s'assoir face à moi et reprit d'un ton nettement moins serein.

---J'avoue avoir été secoué d'apprendre que certains n'avaient que treize ans ou étaient des femmes ; même s'il s'agissait de terroristes. Mais je m'en dédouanais, fier d'avoir sauvé la vie de mes camarades.

---Tu n'as jamais cauchemardé, *J.M.* ?

---J'avoue subir des nuits agitées, mais sans voir de visage, ce qui est supportable. J'ai revu cet anglais, au *Ritz* à Londres, dix ans plus tard, sous le pseudo de *Malcom*, il travaillait pour les services secrets anglais. Je devais rendre visite à l'attaché militaire de l'ambassade russe pour une *OPEX* que j'évoquerai après. Après ses révélations, je n'ai pas fermé l'œil de la nuit et suis allé demander mon changement d'affectation au Colonel, chef du camp, qui m'affecta en patrouille maritime, « *pour prendre le bon air* », m'avait-il dit. Mais son but était que je reprenne très vite ma fonction de sniper.

Le visage de *J.M.* s'assombrit. Il avala une gorgée de café, maintenant froid, avant de reprendre son récit ; sa mère, à portée de vue, préparant les gnocchis pour le déjeuner.

---Cette reconnaissance en mer restera à jamais gravée en mémoire, tant la barbarie fut intense. Alors que nous naviguions au large de Sour, nous interceptions, de manière aléatoire, un chalutier transportant des armes destinées au Hezbollah. Les caisses et les vingt-trois contrebandiers furent embarqués sur notre patrouilleur et nous nous rendîmes au port de Beyrouth. Je ne comprenais pas l'état de nervosité exacerbé du Lieutenant italien, chef de la mission, ne s'agissant que de prisonniers s'étant rendus sans opposition. Il fit agenouiller les interpellés, attachés dans le dos, et me dit de regarder la scène. Ils coupèrent la tête des belligérants, âgés de vingt à cinquante ans.

---Tu n'as rien fait pour éviter ce massacre, J.M. ?

---J'eus l'impression de rêver, d'autant qu'aucun d'eux ne se rebellait. L'armée m'ayant enseigné le respect de l'ennemi, je souhaitais uniquement aux nôtres d'être convaincus du bien-fondé de leur action. Tout était surréaliste, même le fait qu'un officier italien soit aux commandes d'une vedette française.

---Quel était ton rôle sur ce bateau, J.M. ?

---Aucun, Blanco. Je pense que le Colonel voulait punir mon ersatz de rébellion, en m'affectant sur la vedette de ce fêlé qui ne respectait aucune règle militaire ; œil pour œil, dent pour dent ! Et cette question qui me taraudait l'esprit, pourquoi, après la première décapitation, les vingt-deux autres restèrent immobiles ? L'un des bourreaux occidentaux me rétorqua : « *ils veulent mourir en martyr pour aller au paradis, entourés de leurs soixante-douze vierges* ». Cette guerre irrationnelle, comme toutes les autres d'ailleurs, n'avait que de superficiels motifs religieux, masquant le véritable but, celui des intérêts géostratégiques. Ma quinzaine sur cette vedette me suffit à retourner voir le Colonel qui fut expéditif : « *choisissez une équipe pour mettre en place des patrouilles nocturnes de reconnaissance, vous comprendrez, ainsi, l'utilité des snipers* ». Je désignais douze commandos italiens et un Anglais, un ancien du S.A.S. qui parlait parfaitement italien et français. Ma réputation de tireur *top one* facilita mon commandement. Patrouillant en territoire ennemi, nous essuyions régulièrement des tirs, souvent neutralisés par nos camarades snipers. Le taulier avait raison, je comprenais mieux l'utilité de ma mission initiale ; mais, même s'il valait mieux être loup que chèvre, je ne fis pas machine arrière, par fierté, dans cette guerre de merde trop facilement réduite à l'opposition entre les confessions musulmanes et chrétiennes, chacune d'elles étant composée de plusieurs clans de factions aux appétences divergentes. Parfois les milices chrétiennes appuyaient les interventions syriennes, puis les combattaient. C'était à ne plus rien y comprendre, un vrai sac de nœuds.

---Malgré cette évidence, tu n'as jamais songé à quitter les rangs et rentrer chez toi ?

---Jamais, Blanco. C'est une chose qui ne se fait pas chez les commandos, l'esprit de corps passe par-dessus tout. Nous recevions une liste d'endroits et de noms de djihadistes à éliminer, lesquels s'étaient installés à Beyrouth ouest. Notre efficacité étant reconnue, nous étions missionnés pour une opération ponctuelle au sud du Liban, à Tibnine. Porteurs de nos tenues tactiques noires, les visages recouverts de cirage *Wesco* vert et noir, armés jusqu'aux dents, nous étions pris en charge par un hélicoptère américain, un *Chinook 47*, qui nous déposa à quatre kilomètres de l'objectif.

---Comment était l'ambiance lors du transport ?

---Plutôt sereine, d'autant qu'on savait bénéficier d'un appui russe sur les lieux de l'opération. L'un d'entre nous s'était même endormi, les autres vérifiaient leurs armes. Nous étions en pleine possession de nos moyens physiques et mentaux ; pour la plupart, nous nous piquions aux anabolisants, à la *Déca Duraboline* et au *Testovis*, ce qui nous rendait encore plus performants. D'ailleurs, mon cœur est aujourd'hui plus volumineux que la normale. Sur place, nous virent deux hélicoptères russes, MI24 code ONU « *HIND* », déposer vingt-quatre militaires, dont huit *spetsnaz* du groupe Alfa, spécialisés en antiterrorisme et récupération d'otages. Il était 23h37, lorsque le lieutenant *V. Ivanov* me salua. Il s'asseyait près de moi et me montra les photos de deux cibles avec un point rouge sur le front, qu'il fallait abattre, et une autre avec un point vert, qu'il convenait d'exfiltrer. Il sourit, rare pour un soldat russe, le message était limpide. Ils avaient pour mission de couvrir notre repli, sans intervenir sur site, sans doute pour ne pas être impliqués officiellement. La nuit était noire, ce qui nous rendait presque invisibles aux yeux des possibles sentinelles adverses. Nous parcourions les trois premiers kilomètres à la course, avant de progresser tactiquement sur les mille derniers mètres. Arrivés sur zone, sans encombre, nous constations la présence du vieux Fort Toron où étaient susceptibles de loger nos trois objectifs. L'éclairage et la position haute de la forteresse permettaient de distinguer parfaitement les guetteurs du Hezbollah, l'autre partie de leur troupe se trouvant cent cinquante mètres en contrebas. Notre binôme d'éclaireurs estima le nombre de soldats à quarante et celui des sentinelles à sept hommes. Nous étions deux tireurs d'élite à nous positionner à trois cents mètres des postes ennemis de surveillance pour les neutraliser, afin de couvrir l'assaut et le repli de nos camarades. Alors que nos commandos progressaient vers le fortin, j'éliminais la sentinelle côté ouest, tandis que mon acolyte élimina celui posté à l'est, où se trouvait l'entrée du fort. J'avais la quarantaine de soldats ennemis en visuel. Après avoir éliminé les deux gardes, il fut très simple pour nos gars d'entrer et de finir le travail à la lame. Il ne leur fallut que quelques minutes pour éliminer les deux objectifs ciblés au rouge et sortir l'Imam.

---Comment l'avez-vous transporté ?

---Nous étions dotés d'un tube de transport télescopique, dont les deux extrémités épousent la forme des épaules. Nous y avons fixé l'objectif à l'aide des sangles ad hoc, l'avons bâillonné et piqué pour l'endormir. L'assaut fut éclair et silencieux, les troupes ennemies n'ont pas bougé d'un pouce.

---Que faisaient les Russes, *J.M.* ?

---Ils sont restés en soutien et gardaient la zone de dépose hélico. Je sais qu'ils ont tué, au couteau et au silencieux, les curieux qui se sont approchés, j'ai pu constater, au retour, un alignement d'une quinzaine de cadavres. J'ai demandé à *Ivanov* ce qu'il s'était passé, il m'a répondu en français et en souriant : « la routine ».

---Certains Russes auraient pu vous suivre ?

---Pour des raisons politiques, Blanco, si ça tournait au vinaigre, l'U.R.S.S. n'aurait pas été impliquée.

---Quel était votre équipement ?

---Nous possédions un dispositif de vision nocturne, mais aucun moyen radio. Les Russes avaient limité notre durée d'intervention à quatre heures, passé ce délai, ils quittaient la zone sans nous attendre.

---Quelle était la consigne en cas de problème ?

---Aucune, Blanco, l'échec ne faisait pas partie de notre vocabulaire. On a parcouru les quatre kilomètres avec ce fardeau endormi que nous avons remis aux Russes, ce fut la dernière fois que je vis l'Imam. L'un des deux hélicos nous déposait à un quart d'heure de la zone de repli, où nous attendait le Chinook-47. Le Lieutenant *Ivanov* nous serra la main et nous fit un salut militaire empreint d'un profond respect. Pourtant, nous appartenions à des camps adverses, la guerre froide battait encore son plein, le mur de Berlin ne tombant que trois ans plus tard, le 9 novembre 1989. Je me suis toujours demandé ce qu'ils venaient faire dans cette zone du Liban et pourquoi, via notre intervention, ils avaient fait prisonnier cet Imam ?

---À qui avez-vous rendu compte de votre opération ?

---Au Colonel en charge du commandement du « camp des anonymes » comme je l'appelais à l'époque ; nous étions totalement isolés de la F.I.N.U.L., sans doute en raison de la singularité de nos missions. D'ailleurs, à notre retour, nous avions surpris une discussion entre notre Autorité et un Colonel belge, critiquant nos méthodes peu orthodoxes. Il était facile de contester le mode opératoire, assis derrière un bureau ; moins aisé de risquer sa propre vie et d'entendre les balles siffler.

---Aviez-vous débriefé de votre opération ?

---Jamais, sans doute par pudeur. Deux mois passèrent et l'ordre du départ me fut annoncé pas un Sergent des archives militaires. J'appris qu'un des Italiens de notre opération de Tibnine avait été tué lors d'une mission de patrouille et je ne revis jamais l'anglais, du moins, pas avant 1996. Nous ne rencontrions aucun problème particulier lors de notre logistique retour, excepté ces cinq caisses remplies de billets de cent dollars US que nous avions omis de déclarer au départ du Liban.

Le visage grave de *J.M.* s'éclaircit, lorsqu'il évoqua cette anecdote qui valait son pesant d'or. Surpris, je l'interrogeais, *illico presto*, sur la provenance de cette somme improbable.

---C'est quoi cette affaire d'argent, *J.M.* ?

---Nous l'avions découvert dans un sous-sol, durant une mission de patrouille effectuée un mois avant notre retour en Italie. Notre présence avait mis en fuite plusieurs individus, attisant notre curiosité. Lorsque nous décidions d'enfoncer la porte d'une sorte de cave, nous fûmes surpris d'y trouver une immense pièce contenant du mobilier de casino, des machines à sous, des tables de roulette et de poker, des jeux de cartes neufs, des dés, etc. Puis, derrière des supports de blackjack, cinq malles empilées les unes sur les autres. J'eus le pressentiment d'avoir gagné le jackpot. Imagine nos regards, lorsqu'on a ouvert la première et découvert des centaines de billets de 100 $. Nous étions certains que ça provenait d'un ancien cercle de jeu de la ville, mais nous ne pouvions savoir qui les avait entreposés dans cette caverne d'*Ali Baba*. Trois de mes camarades partirent au camp, chercher de gros sacs, pour les remplir de billets verts des cinq grandes caisses. Nous étions de nouveau surpris que l'un d'entre nous détienne une planque pour cacher le butin, nous faisant découvrir un endroit improbable où il dissimulait des œuvres d'art. Nous y sommes retournés le lendemain, en civil, avec une vieille *Mercedes*, pour ramener les billets au campement et les dissimuler dans nos cantines militaires.

---Quel était alors l'état d'esprit du groupe, *J.M.* ?

---Nous étions plutôt sereins et la consigne nous imposait de ne manifester aucun changement de comportement, pour ne pas attirer l'attention. Nous avions décidé de rentrer avec le butin et de donner sa part à la veuve de celui qui avait perdu la vie au combat. Nous ne connaissions pas la somme totale, mais nous savions que nous étions riches, désormais.

---Pourquoi ne pas avoir remis l'argent aux autorités militaires en charge de votre commandement, *J.M.* ?

---Qu'en auraient-elles fait, Blanco ? Cet argent aurait bien fini dans la poche de quelqu'un, alors autant que ce soit dans la nôtre, tu ne crois pas ? De surcroît, dans cette situation de guerre, nous nous sentions tels des mercenaires. C'était finalement ce que l'on avait fait de nous. Et puis, avant l'armée, j'ai eu un passé de délinquant dans la région du sud de la France. Je pense que ça a influencé très fortement ma décision.

---Tu gravitais dans quel type de délinquance, *J.M.* ?

---À treize ans, je volais déjà des voitures, initié par *Fabrice F.*, originaire de Roanne, mort d'un accident de la route en février 1989. Pour l'anecdote, je plaçais un bottin sur le siège pour voir la route. (Sourire).

---Revenons aux dollars US, que s'est-il passé ensuite ?

---Quand nous arrivâmes devant le C130 appareillé pour nous ramener au bercail, les deux officiers pilotes italiens effectuaient les dernières vérifications sur la carlingue ; ce qui n'empêcha pas le Commandant de nous scanner des pieds à la tête. Il est vrai que notre dégaine pouvait faire pâlir un mort et nous étions chargés comme des baudets. D'ailleurs, il nous avait fallu un certain temps pour décharger nos effets et les acheminer jusqu'à l'avion. Nos accompagnateurs américains nous saluèrent et quittèrent le tarmac. Le Commandant nous demanda d'ouvrir nos cantines, avant l'embarquement : « *faut ouvrir, Messieurs, c'est le règlement* ». Je m'y opposais vivement et le ton monta très rapidement, il est vrai que j'étais à cran. Au bord de l'empoignade, l'un de mes camarades se glissa entre le pilote et moi. Nous n'avions d'autres solutions que d'obtempérer. Ses yeux sortirent des orbites, lorsqu'il aperçut la quantité de billets verts : « *nous devrons les remettre aux autorités militaires !* ». La tension augmenta davantage, il refusa le partage proposé et je demandais à quatre de mes camarades de cramer le fric. Ce qu'ils firent hors la vue des pilotes, l'épaisse fumée assombrissait un ciel pourtant si bleu quelques minutes plus tôt. J'en pleurais intérieurement, mais je préférais qu'on les brûle, plutôt que remplir les fouilles de je ne sais quelle autorité. L'officier m'avisa : « *vous rendrez compte de votre indiscipline, dès que vous poserez le pied en Italie, faites-moi confiance !* ». Lorsque je grimpais dans le C130, à destination de l'aéroport de Sigonella, l'un de mes camarades m'adressa un clin d'œil, en guise de : « *nous en avons épargnés* ». Effectivement, il ne m'échappa pas que les combinaisons des commandos incendiaires étaient anormalement déformées.

---Comment s'est passé le trajet retour, *J.M.* ?

---Plutôt étrange, nous étions totalement muets, comme abasourdis par ce que nous avions vécu, là-bas. On se regardait avec l'humilité et la pudeur de vétérans. Nous n'avions reçu ni reconnaissance pour nos opérations, ni décoration. Notre sentiment était controversé, mais nous n'échangions pas notre ressenti, on avait rempli nos missions et nos poches, point. Comme annoncé par le Commandant, deux militaires italiens m'attendaient sur le tarmac. Ils venaient de Pise, du S.M.I.P.A.R., où ils me conduisirent immédiatement, m'informant que je me trouvais aux arrêts. Je les suivais sans opposition, avec mon barda. Je souriais en mon for intérieur, car je voyais s'éloigner quatre de mes camarades aux tenues Woodland Nato boursoufflées par les billets. À l'arrivée sur site, plusieurs heures plus tard, les plantons ouvrirent l'immense portail métallique, nous saluant si énergiquement qu'il me plut à penser qu'ils savaient d'où je revenais et ce que j'y avais fait. La patrouille me conduisit dans mes quartiers, au premier étage de la compagnie numéro 8, portant le nom de Gazelle. À ma grande surprise je n'étais pas aux arrêts de rigueur, libre de circuler dans la caserne. Le Commandant de cette unité m'avertit qu'il attendait la missive du ministère de la Justice Militaire pour savoir ce qui m'était reproché et, qu'en attendant, je pouvais aller et venir comme bon me semblait dans l'enceinte. Je prenais mon mal en patience, même si j'avais du mal à avaler la pilule, avec tout ce que j'avais réalisé là-bas… Finalement, je me retrouvais sur le banc des accusés, en conseil de discipline, parce qu'un enfoiré de zélé m'avait balancé, même si j'avoue qu'à ce moment-là je ne faisais plus le distinguo entre le mal et le bien. Pour notre défense, personne ne pouvait savoir ce que nous avions dans le crâne après des opérations aussi violentes. Au onzième jour, le Commandant m'avertit que je serais traduit, le lendemain à la première heure, devant le tribunal militaire. Je ne ressentis aucune crainte. Le matin suivant, une *Alfa Romeo* de couleur noire aux inscriptions CARABINIERI vint me prendre à la caserne. Deux carabiniers sortirent du véhicule et se mirent au garde à vous quand ils me virent arriver dans mon uniforme beige. À croire qu'eux aussi savaient qui j'étais. Il est vrai que je n'avais que vingt-et-un ans, pourtant je comptais déjà deux cent quatre-vingt-cinq cibles à mon actif de sniper, avec celle du Fort Toron. J'imaginais qu'avec ce parcours, il ne pouvait plus rien m'arriver. C'est avec fierté que je montais dans ce véhicule de police militaire, accompagné de mon barda, pour faire route vers ma destinée militaire.

---Quelle était l'ambiance dans la voiture, *J.M.* ?

---Mes deux accompagnateurs n'ont pas prononcé un mot, le chauffeur m'observait en permanence dans le rétroviseur intérieur, comme si j'étais une bête rare, ce qui me fit sourire. Je savais que j'allais être jugé pour mon insubordination envers le Commandant, mais que pouvait-on me faire pour l'argent qui était officiellement parti en fumée ? Arrivé devant le tribunal de Pise, j'eus le pressentiment que les choses n'allaient pas se dérouler dans les règles. Le portail en fer s'ouvrit automatiquement, le chauffeur se gara dans la cour intérieure et son acolyte descendit m'ouvrir la portière arrière droite, me saluant une nouvelle fois. Il m'avisa de me rendre au premier étage, chambre numéro douze et de laisser mon paquetage dans le coffre : « *nous vous attendons, Monsieur, et vous souhaitons bonne chance* ». Je me souviens avoir répondu fermement que je n'avais besoin d'aucune chance et qu'elle se méritait. Il était resté sans voix, le pauvre.

---Pourquoi cette réponse, J.M. ?

---Quelle était la notion de chance, à ce moment-là de ma vie, Blanco ? D'être sorti vivant de ses quatre mois de guerre, d'avoir flingué, d'être riche, de servir mon pays ? D'ailleurs, pour qui j'avais tué ? Les Français, les Anglais, les Italiens, les Américains, les Russes, les Libanais, que sais-je ? Pourquoi, en pleine guerre froide, les deux blocs collaboraient sur le même théâtre de jeu ? Quelle mascarade internationale !

Malgré toutes ces années, je pus lire l'incompréhension qui perturbait encore J.M. qui marcha quelques secondes, avant de revenir s'asseoir à la table de cuisine, près du poêle à l'ancienne que sa mère avait ravivé de quelques bûchettes. Ils se jetèrent un regard, elle disparut, ne voulant sans doute pas en apprendre davantage sur le passé obscur de son fils : « *je vous laisse discuter tranquillement, je vais me coucher, il est tard. Je vous ai laissé de la soupe sur le feu* ». Je m'aperçus qu'il était déjà une heure du matin. Le récit de *J.M.* avait suspendu le temps. Il nous servit deux bons bols de potage et reprit son récit.

---Je montais vivement les marches jusqu'au premier étage, je frappais à la porte de la chambre douze et entrais dans cette grande pièce aux murs habillés de tableaux représentant des guerres navales et diverses batailles. Au fond de la salle, un imposant bureau en bois de couleur noire, style napoléonien, était bien planté devant une grande fenêtre donnant sur la cour intérieure, où m'attendaient les deux carabiniers. Sur la droite se dressait une porte haute fermée, de laquelle devrait sans doute arriver l'officier en charge de mon dossier. Je restais debout, en attente de l'arrivée de mes bourreaux. Finalement une seule autorité militaire, un Colonel, pénétra dans cette pièce. Je me mis au garde à vous et le saluai. Il me rendit le salut, se présenta à moi et me serra la main. Cet homme d'un mètre soixante-quinze, cheveux grisonnants, d'environ cinquante-cinq ans, m'ordonna de m'asseoir. Il ouvrit un dossier, tout en m'observant longuement et silencieusement, avant de prendre la parole : « *les déclarations des pilotes et surtout celles du Commandant ne seront pas retenues contre vous. Les auditions de vos camarades vous mettent hors de cause, nous mettrons cet incident disciplinaire sur le compte de votre état de fatigue, faisant suite à vos difficiles missions réalisées au Liban. De surcroît, il est difficile pour notre pays de se passer des services d'un élément comme vous sur le front* ». Comme pressenti, en entrant dans cette enceinte, je ne fis donc l'objet d'aucune sanction. Il se leva et me tendit la main, me déclarant : « *l'argent, en*

soi, n'a de vraie valeur que ce pour quoi nous l'utilisons ! ».
D'un regard complice, il me remit une enveloppe
jaune : « *vous l'ouvrirez plus au calme. Bon vent, l'ami !
Alea jacta est* ». *(Les dés sont jetés).*

---Surprenant, *J.M.*, quel était ton statut lors de la
remise de cette nouvelle enveloppe jaune ?

---Étrange, il est vrai. J'assimilais cette particularité en
raison de la singularité de nos opérations. Puis je dois
t'avouer qu'à ce moment précis mon esprit était
ailleurs, trop préoccupé par les billets verts. (Sourire).

---Sur tes états de service militaire, délivrés à ta
demande en 1992, il est fait mention que tes fonctions
avaient pris fin le 29 mars 1987 ?

---Effectivement, Blanco, je l'ai aussi constaté à cette
époque, car j'avais besoin de ce document pour passer
le concours d'entrée dans la police nationale française.
L'un des inspecteurs m'ayant d'ailleurs déclaré que ma
place était de l'autre côté de la barrière, j'ai laissé
tomber l'affaire. Pour revenir à mon statut, j'en ai
déduit, qu'après le Liban, et sûrement pendant, que
j'étais finalement employé en qualité de mercenaire
sous un régime d'OPEX. C'est aussi en 1992 que je me
suis aperçu que je n'avais plus que la qualité de simple
soldat. Au Liban, on ne portait ni nom ni grade, pour
les missions on nous attribuait des noms de fruits
tropicaux ; je me souviens d'une réflexion d'un gars qui
réceptionnait les résultats de tir dans les fameuses
boîtes aux lettres : « *on a tous une cuirasse qui représente
notre loyauté et qui repousse les balles* ». Il m'avait
surnommé *Akee*, me disant que, comme le fruit, j'étais

venimeux. J'ai d'ailleurs gardé ce surnom pour monter une de mes sociétés dans les Balkans, bien plus tard.

---Que s'est-il passé après le tribunal de Pise ?

---Je suis rentré à Turin, en train, où m'attendaient deux de mes camarades de campagne libanaise, pour faire le point sur notre situation financière. (Sourire). Sur le quai M. me débarrassa de mon barda, tandis que P. m'accompagna par l'épaule, jusqu'au parking de la gare piémontaise. Un troisième frère d'armes nous attendait au volant d'une flambante Mercedes, il s'agissait de sa première ponction sur la prise de guerre : « ne *t'inquiète pas, il t'en reste encore un peu* », prononcèrent-ils de concert, avant d'éclater de rire.

---Quel était le montant de ta part, *J.M.* ?

---Ah, je vois que le flic ne lâche jamais le morceau. Bon, il y a prescription de toute façon : 740.000 $, tu imagines la somme, surtout à l'époque ! Mes coéquipiers me confirmèrent que ce même jackpot avait été remis à la veuve de A., tué à Beyrouth. Ils me remirent ma part dans un sac de sport.

---Qu'as-tu fait de cette somme astronomique, *J.M.* ?

---Ce qu'un jeune de vingt-et-un ans peut en faire ! Autant te dire que ça m'a brûlé les doigts, Blanco. Je faisais le change à Nice et à Paris, où je montais chaque semaine pour faire la fête, avec un ami de la Côte d'Azur, Hervé. Je m'étais acheté une moto Kawasaki 600, une FZR 1000, une jeep, j'ai gardé une partie pour l'achat d'une propriété en Italie, ainsi qu'une Porsche que j'ai mise au nom de ma mère. Je pouvais claquer dix à douze mille francs par soirée. J'étais juste dans la frénésie de la dépense d'une somme d'argent indu.

---Où planquais-tu le blé ? Qu'en disaient tes amis ?

---Chez moi, dans un garage, derrière un vieux meuble à double fond, qui existe toujours d'ailleurs. On ne me posait pas de question. Personne de mon entourage ne savait que j'étais parti en mission et encore moins ce que j'y avais fait. Mes proches pensaient que j'avais fait un gros coup. Bon, je t'aime bien, Blanco, mais il est deux heures du mat et tu as les yeux rouge vif. Je pense qu'il est temps de se reposer les neurones. Comment fais-tu pour écrire autant ?

J.M. me tapa sur l'épaule et disparut dans sa chambre. Je restais planté-là, quelques minutes, déjà accroc à ce que j'écrivais. Fidèle à mes ex-années de flic, j'avais besoin d'en savoir davantage sur son passé de mercenaire et en trouver quelques preuves matérielles. Je validais à 300% pour les épisodes police, mais il me fallait récolter quelques indices pour ses OPEX. D'autant que si je publiais ces faits, certains acteurs nieraient. Lui posant la question ce matin, sa réponse était sans équivoque : « *je me fous que les gens me croient ou pas, moi je sais ce que j'ai fait* ». Ce qui m'empêcha de trouver le sommeil, éprouvant le besoin d'étayer ce témoignage. Pas certain d'avoir trouvé le repos cette nuit du 27 au 28 décembre, ce dont je suis sûr c'est que mes neurones bossèrent sans discontinuer.

Vers 5 heures, j'entendis du bruit dans la cuisine, aussitôt suivi de cette agréable odeur de café. Je me levais et me rendais auprès de sa mère : « *bien dormi, Blanco, pas trop froid ?* ». Je répondis par la négative, elle avait l'air suffisamment perturbée par quelques bribes de l'histoire de son fils, qu'elle avait dû entendre malgré elle : « *tu es un type bien, Blanco. J'ai lu ton dernier polar, « Inconsolables petits anges », cette nuit. Ce commandant Blanco te colle parfaitement à la peau. Cette histoire de réseau de pédophiles est terrifiante. Et dire que ça existe ! Faudrait tous les descendre !* ». Je gardais le silence. Que répondre à cela ? Puis j'avais tant de choses à faire pour décortiquer l'historique de son fils et terminer mon *Blanco 4*, « *Inqualifiable cannabis* ». À chaque jour suffit sa peine. Je tentais de la questionner au sujet de la réapparition de *J.M.*, vers la mi-1987. Pour la petite histoire, elle m'avait autorisé à la tutoyer.

---Comment était ton fils lorsqu'il réapparut en 1987 ?

---Je ne l'avais pas revu depuis plusieurs années, du fait que je travaillais en Afrique et qu'il avait quitté le foyer très tôt. Je l'ai retrouvé transformé, mais toujours aussi peu bavard. Je me souviens que son corps était couvert de plaques rouges épaisses, ça ressemblait à une sorte de psoriasis. Je sais qu'à l'époque il avait vu un médecin parisien qui lui avait prescrit des piqûres de cortisone, pendant cinq ou six mois. Mon fils est resté muet quant aux causes de ces apparitions cutanées…

      J.M. ouvrit la porte de sa chambre donnant accès directement à la cuisine, regarda froidement sa mère et s'adressa à moi, plutôt fermement.

---Alors, Blanco, tu as besoin de repasser derrière moi, t'as pas confiance ?

---Tu t'es levé du pied gauche, *J.M.* ? Il est tout à fait normal que je parle de toi avec ta mère. Tu me demandes d'écrire ton histoire, ok, mais j'ai besoin d'en savoir un peu plus sur ta véritable personnalité.

---Ouais, ça me gave sérieusement tout ça, Blanco. Et puis, ça va servir à quoi, à qui ? Tout le monde va nier !

---Faut savoir ce que tu veux ! Soit j'écris, comme tu me l'as demandé ; soit j'me casse et on en parle plus !

---Je sais, désolé, Blanco. Ce sont toutes ces affaires qui remontent à la surface et la colère d'avoir été considéré comme un pion pendant toutes ces années. Le comble est la cavale, malgré les services rendus. Ça va passer. Pour revenir à cette affaire de peau, dixit le médecin de Paname, elle était consécutive à une peur enfouie ou à un traumatisme. Je me rappelle qu'à l'époque, deux à trois mois après mon retour du Liban, je n'empruntais jamais le même itinéraire, que ce soit à l'aller comme au retour. Par exemple, pour rentrer chez moi, dans l'appartement de mes parents, je prenais l'ascenseur jusqu'aux étages supérieurs, avant de redescendre au premier par les escaliers. Pour quitter le logement, je modifiais aussi mes déplacements, soit les marches, soit l'ascenseur, également avec des variations de niveaux. C'était un réflexe totalement inconscient.

---C'est compréhensible, J.M., pas de problème depuis ?

---Non, et je ne reviens que très rarement sur le passé. J'y repense aujourd'hui parce qu'on évoque le sujet. Tiens, ça m'fait penser aux deux missions de 1987 qui m'avaient été confiées en Somalie et au Burkina Faso, toujours via cette fameuse enveloppe jaune.

3- 1987 : missions Somalie et Burkina Faso.

J.M. prit la tasse de café que lui servit sa mère, but une petite gorgée et commença son récit.

L'un de ses camarades avait utilisé à bon escient une partie de son pactole libanais en investissant dans un restaurant piémontais. C'est à cet endroit que certains d'entre eux se réunirent pour évoquer la nouvelle mission proposée par l'officier supérieur du tribunal de Pise. Cette opération d'escorte devait les mener en Somalie. Sur les douze, un seul refusa d'y participer : « *nous sommes riches, maintenant, pourquoi risquer nos vies, les gars ?* ». Si J.M. et les autres comprenaient sa décision, eux étaient en quête d'autre chose. Servir le pays les rendait fiers, puis, cette fois, le risque était plus limité, même si la guérilla en Somalie battait son plein et qu'il ne fallait se fier à personne. Le prix était également alléchant, 25.000 $ chacun. Plus tard, le nouveau restaurateur du centre-ville de Turin déclina également sa participation, son épouse venant de donner naissance à des jumeaux.

Le regard appuyé de J.M. suffit à éclipser sa mère, il put poursuivre sa narration sans retenue.

---En juillet 1987, je décollais de Rome pour me retrouver, à 4 heures, sur le tarmac à Mogadiscio. J'y rejoignais mes camarades arrivés séparément. Un Commandant de l'armée italienne nous remit l'ordre de mission : escorter deux officiers supérieurs italiens, un Colonel et un Lieutenant-colonel, d'Afmadou, jusqu'à Mogadiscio, les deux villes étant séparées de six cents kilomètres. On nous distribua l'armement et le paquetage. Quatre Jeeps américaines furent mises à notre disposition, ainsi que deux civils somaliens qui devaient nous ouvrir la route à bord de leur pick-up. Ne voulant pas tomber dans un guet-apens, mes frères d'armes et moi supprimions l'ouvreuse, préférant compter les deux individus à bord de nos véhicules. Le temps des préparatifs, nous prenions la route vers 11 heures pour arriver sans encombre, en périphérie d'Afmadou, vers 4 heures du matin, ne s'arrêtant que pour faire le plein à l'aide des jerricans que nous transportions. Deux autres Somaliens, en tenue civile dans une Mercedes blanche, nous firent signe de nous arrêter. Nous prenions toutes les mesures de sécurité pour arriver jusqu'à eux. Nous les fouillions et récupérions leur radio, ce que n'appréciât pas celui qui se présenta comme le Colonel : « *Messieurs, je ne valide pas vos méthodes, je vous somme de restituer la radio à nos homologues somaliens !* ». Je lui répondis par la négative et que nous réalisions la mission à notre main, sachant l'insécurité qui régnait dans ce pays. La tension monta rapidement, l'officier supérieur voulant imposer son commandement. L'un de mes camarades se glissa entre nous afin de faire retomber la pression. Pour autant, le Colonel sut qu'il devait se soumettre à nos exigences.

---Quel était son rôle en Somalie, *J.M.* ?

---Je ne sais pas, Blanco. On ne se posait pas ce genre de question, on exécutait notre mission et on prenait la caillasse, point. Nous reprenions la route à destination de Mogadiscio vers 6 heures, le temps de vérifier l'état de nos Jeeps. Un incident allait m'opposer une seconde fois au Colonel, lorsqu'après trente kilomètres, peu avant la ville de Gelib, j'aperçus un éclat lumineux suspect en bord de route, les rayons du soleil reflétant sur un objet métallique. On stoppa immédiatement la progression du convoi, ce qui déclencha une nouvelle colère de l'officier supérieur : « *pas de temps à perdre, je vous ordonne de reprendre la route immédiatement !* ».

---Comment as-tu réagi, J.M. ?

---J'étais hors de moi, je l'ai tutoyé et mis la main sur la crosse de mon arme, ce qui a amené son adjoint à le calmer et le faire s'asseoir à l'arrière de la Jeep. Il fit moins le malin, une demi-heure plus tard, lorsque notre camarade artificier fit sauter la mine à implosion. Même si ce type d'engin ne nous avait pas engendré de gros dégâts, il était de notre devoir d'appliquer la procédure ad hoc, d'autant que nous disposions toujours d'au moins deux experts en explosif. Toujours excédé, je m'adressais à lui sans retenue : « *tu as vu espèce de connard ! J'aurais dû y mettre ton cul !* ». Finalement, nous remplissions notre mission ; comme convenu le Commandant italien nous interceptait avant notre entrée dans Mogadiscio. Cet officier ne releva pas les commentaires peu élogieux du Colonel à mon endroit. Nous étions informés que notre évacuation nécessitait deux à trois jours d'attente, en raison, soi-disant, d'un problème de logistique. Je n'en crus pas un mot, la suite allait me donner raison. Deux civils somaliens nous accompagnèrent dans un hôtel au bord de la plage à Benadir, prétextant qu'une personnalité voulait nous rencontrer. En milieu d'après-midi, un Somalien en uniforme, se disant *Siad Barré*, se présenta à nous avec son imposante escorte, alors que mes camarades et moi-même buvions tranquillement une bière somalienne de piètre qualité, au bar de l'hôtel. *Siad Barré* nous fixa du regard, avant de sourire. Cet homme charismatique, d'une cinquantaine d'années, assez grand, à la peau très noire, s'avança vers moi, le sourire blanc, me serra la main et me demanda de me rasseoir. Son discours fut sans équivoque : « *j'ai sollicité votre présence dans le cadre du conflit qui m'oppose au Somali National Movement au nord du pays. Il s'agit d'un groupe d'opposants, armé et entraîné par l'Éthiopie. J'ai besoin de vous pour éliminer un de leurs leaders* ». Toute la haine se lisait dans le regard et l'expression du dictateur.

---Tu avais été missionné pour cette opération, J.M. ?

---Pas du tout, Blanco. Je pense que l'escorte des deux militaires italiens était un prétexte pour s'assurer de notre présence en Somalie, rien d'autre. D'ailleurs, à l'époque, *Siad Barré* cherchait le soutien de l'Italie, qui lui refusera l'asile quelques années plus tard. Nos commanditaires ne voulaient certainement pas être engagés dans cette mission d'exécution ; pour preuve, *Siad Barré* nous proposa une importante offre financière. Respectueux de nos fondamentaux militaires, nous lui répondions n'agir que sur ordre de nos autorités, au grand dam du président somalien qui ne put cacher sa colère et nous fit savoir qu'il serait de bon ton de quitter son territoire : « *soit on est avec moi, soit on est contre moi !* ». Il partit très agacé et laissa un de ses hommes à l'hôtel. Ce message étant suffisamment clair, ne recevant aucun nouvel ordre de mission, mes camarades et moi-même regagnions le tarmac de l'aéroport de Mogadiscio pour mettre la pression sur le Commandant italien. Au bout de dix heures, nous quittions la Somalie pour l'Italie.

---Pour quelles raisons les Italiens ne vous ont pas directement informés de cette éventuelle opération ?

---Sans doute parce qu'en cette année 1987, la dictature de *Siad Barré* battait de l'aile et que, connaissant ce sanguinaire, il n'hésiterait pas à s'en prendre aux civils. Ce qu'il fit d'ailleurs entre 1988 et 90, tuant presque soixante mille d'entre eux. Cela aurait fait tache dans les relations internationales, sachant qu'après avoir fait volte-face avec l'U.R.S.S., le dictateur s'était tourné vers les États-Unis. La situation géographique intéressait au plus haut point les Occidentaux, surtout que la *Guerre Froide* faisait toujours rage. Le Régime du président somalien s'étiolait sensiblement, *Siad Barré* tentait de bénéficier d'une intervention extérieure, via des combattants de notre trempe, qui, je le compris bien plus tard, n'appartenaient officiellement à aucun pays.

---Qu'as-tu fait après ton retour en Italie, *J.M.* ?

---J'ai enfourché ma moto pour faire un p'tit crochet par le sud de la France, puis j'ai visité l'Italie. J'avais beaucoup d'argent, j'en profitais pour mener la belle vie. Je ne m'étais pas *tué* à la tâche pour rien. (Rire). Je dépensais sans compter et en faisais profiter mes amis. Avec le recul, j'aurais dû investir davantage dans la pierre, mais on ne revient jamais sur le passé, donc, fidèle à mes habitudes, pas de regret.

---Tu as été sollicité pour d'autres missions, ensuite ?

---En septembre de la même année. Cette fois, l'enveloppe jaune fut déposée directement dans la boîte aux lettres de mon oncle. (Sourire). Je m'en souviens comme si c'était hier, ma tante râlait parce que j'étais en retard pour déjeuner. Je peux même te dire que nous mangions des tortellinis, lorsqu'il m'a remis ce courrier. Je devais me rendre en Côte-d'Ivoire au début du mois d'octobre. J'ai d'ailleurs failli rester bloqué dans un hôtel en Espagne, car j'avais dépensé tout mon cash. (Rire). C'est ma mère qui m'a dépanné.

Il appela la *Mamma*, qui confirmait lui avoir envoyé mille cinq cents francs par mandat. *J.M.*, le sourire aux lèvres, poursuivit son récit.

---Avant le déclenchement des hostilités en Afrique, je me mettais au vert à l'Andalucia Plaza Hôtel de Marbella. Ayant sous-estimé mes dépenses, il ne me restait plus que cent francs sur les cinq mille en espèce. L'argent de ma mère tardant à arriver, j'eus l'idée, alors que je ne suis pas un joueur de casino, de miser ce qu'il me restait sur le 9, mon chiffre fétiche, au jeu de la roulette. Tu connais l'expression *la chance du débutant*, je multipliais ma mise par trente-six. Ce qui me permit de m'acquitter de mes notes d'hôtel et de restaurant. Bien entendu, j'ai ensuite rendu l'argent à ma mère. (Sourire). Lorsque j'ai reçu le mandat, j'ai pris l'avion à destination d'Abidjan, où un Américain m'attendait sur le tarmac. Sa tenue m'avait fait sourire, ce qui ne lui avait pas échappé. Il portait un trop large pantalon en lin beige, une chemise hawaïenne orange et bleue, une veste en lin complètement chiffonnée et était chaussé d'espadrilles plus très blanches. Il transpirait abondamment, ses cheveux blonds lui collaient au crâne, son teint bronzé et son sourire blanc étaient masqués par son visage mal rasé. En réponse, il écarta légèrement les bras, inclina la tête et sourit, en guise de : « *je suis comme ça, à prendre ou à laisser* ». Accroc aux montres, je remarquais qu'il portait une magnifique *Omega*. Il parlait un français remarquable, teinté de son accent *yankee*.

---Quelle était la fonction de cet amerloque, *J.M.* ?

---Je vais toujours te répondre la même chose, on ne pose pas de questions, on fait et on empoche le fric. Il m'a juste indiqué qu'il travaillait pour l'ambassade américaine. Nous avons déjeuné dans un endroit que je recommanderais à mon pire ennemi, puis l'Américain m'a laissé au bar d'un hôtel du centre-ville d'Abidjan, après m'avoir remis une épaisse enveloppe contenant 6 ou 700 $ en petites coupures de billets de 1 et 5 $, plus facile à écouler du fait de la faible valeur de la monnaie locale. Il n'y avait que deux billets de 50 $: « *pour tes faux frais* », m'avait-il dit en souriant. Il revint à l'hôtel, une heure plus tard, avec un chauffeur ivoirien, qui nous conduisit, à bord d'une Peugeot 504 blanche, à deux cents kilomètres d'Abidjan ; nous arrivions cinq heures plus tard dans la ville de Yamoussoukro. Je suis resté deux jours dans un hôtel du centre, jusqu'à ce que ce même chauffeur me dépose en pleine cambrousse à Bouaké. Un hélicoptère blanc, type écureuil, floqué du drapeau français sur la queue de l'appareil, me prit en charge ; les deux pilotes, vraisemblablement français, restèrent muets durant le vol de nuit de presque trois heures. Pour leur défense, ils étaient très concentrés sur le pilotage à très basse altitude ; ils passèrent la frontière du Burkina Faso et me laissèrent vers sept heures entre Koudougou et Sisema, dans la pampa à proximité d'un lac. Je me retrouvais totalement isolé au milieu de nulle part. Puis, quelques minutes plus tard, je perçus des rires étouffés, à une bonne centaine de mètres. Je m'approchais discrètement et je surpris dix de mes camarades planqués sous des bâches qui m'attendaient dans trois Jeeps. Après une bonne rigolade et de franches accolades, ils me remirent mon matos et on roupilla deux à trois heures. Je me souviens parfaitement de la date du 14 octobre, car c'était l'anniversaire de l'un des nôtres que nous avions charrié pour l'occasion : « *qu'est-ce que tu fous ici ? T'as pas de vie ?* ». Notre demi-sommeil fut interrompu par un message radio nous ordonnant de nous rendre dans la nuit à proximité de la capitale, Ouagadougou, distante d'une centaine de kilomètres de notre planque. L'un de nos frères d'armes nous informait que nous devions escorter des hommes d'un Ministre local, jusqu'au Palais du Président du Burkina Faso. Nous prenions la route vers 4 heures du mat pour arriver au point de chute, à un kilomètre de l'édifice présidentiel, à 8 heures. De nombreux tirs pétaradaient aux alentours. Des militaires Burkinabè se présentèrent et nous ouvrirent le chemin. Des coups de feu étant échangés d'un côté du bâtiment, nous progressions par l'autre flanc, escaladant un mur à l'aide de grappins et laissant deux de nos binômes en surveillance sur cette zone de repli. Nous traversions une cour déserte, entrions sous des arches et empruntions un escalier sur la gauche de l'enceinte. Nous pénétrions dans une grande salle, après avoir braqué deux militaires en faction devant la porte. À l'intérieur se trouvait le Ministre qui, levant les mains, prononça : « *vous êtes là pour moi, je viens de prendre le pouvoir !* ». Il déposa, sur le bureau, son pistolet qu'il tenait dans la main gauche. Nous baissions nos armes à notre tour et constations le corps sans vie du président Burkinabé, touché par deux balles, une au cœur et l'autre au visage, côté gauche.

---Quelle heure était-il, *J.M.* ?

---Les faits se sont passés vers 9 heures, Blanco.

---Tu es sûr de l'horaire ?

---Oui, certain, Blanco, à plus ou moins un quart d'heure. Pourquoi cette question ?

---Parce que sur le Net, les faits se seraient produits en fin d'après-midi, *J.M.*

---Impossible, Blanco, je veux bien accepter une marge d'erreur d'une heure, mais pas au-delà. Tu mets ma parole en doute ou quoi ?

J.M. apprécia moyennement ce mini interrogatoire. Il se leva brusquement et mit un coup de pied dans le panier de la chienne, *Bella*. Il vociféra en italien, sa mère accourut pour le calmer. Puis il revint s'asseoir dans la cuisine. Je le replaçais dans le contexte.

---Écoute-moi bien, *J.M.*, ce n'est pas moi qui remets en doute tes déclarations, de toute façon tu es le seul à détenir la vérité. Mais, si d'aventure, d'autres personnes remettent en cause tes dires, autant détenir un maximum d'éléments de langage pour prouver le contraire. Tu dois comprendre que ça risque de déranger du monde, *J.M.*, tu en es conscient ?

---J'm'en doute, Blanco, mais ils trouveront toujours quelque chose à dire. Tu sais comment ça se passe ?

---Bien entendu, mais je peux valider à 300% le volet police ; pour ce qui est de tes « opérations extérieures » il suffira de trouver quelques témoins. Même s'il est probable que peu de gens voudront apporter leur témoignage dans des affaires aussi sensibles. Peux-tu me donner quelques précisions sur cette affaire ?

---Ok, je vais essayer, Blanco. Dans cette salle de réunion se trouvait le bureau du Président. Le défunt était assis sur son fauteuil en cuir d'une couleur flashy, du style jaune ou orange. Je me souviens qu'il portait un survêtement bleu, peut-être de marque *Adidas*, même s'il était déjà recouvert de sang. Il me semble aussi que le Ministre tenait le pistolet dans la main gauche, j'en suis d'ailleurs quasi certain.

---Y avait-il des éléments décoratifs qui t'ont marqué ?

---Pas facile, car tu imagines la tension qui régnait, nous n'étions pas là en touristes. (Sourire). Dans la cour, il y avait des arcades mal faites, le Palais était blanc, la salle de réunion était ornée d'un drapeau du pays derrière le siège présidentiel et sur le mur un logo jaune avec deux fusils croisés, je crois. Cinq ou six fauteuils faisaient face au bureau, dont le côté droit était en contact avec le mur, l'endroit où il se trouvait formant un angle, sans fenêtre. Le revêtement mural était en bois. L'accès à l'arrière le bureau se réalisait de l'autre côté, celui où se trouvait le Ministre, à gauche de défunt. Après avoir constaté la mort du Président, notre interlocuteur nous a remerciés et libérés de notre mission. En sortant, on a vu des soldats libériens massacrer à la machette d'autres militaires burkinabè.

---D'après toi, pourquoi avait-il besoin de votre présence, lors du coup d'État ?

---Je pense qu'il cherchait du crédit vis-à-vis du peuple, prouvant ainsi qu'il bénéficiait du soutien des forces extérieures pour légitimer son nouveau Régime. Force était de constater que notre présence arrangeait tout le monde, car nous avions été missionnés par les Occidentaux. Pour preuve, nos lettres de mission émanaient de l'Italie ; j'avais été accueilli, sur le tarmac de Mogadiscio, par un Américain ; puis, héliporté par un équipage français. Au retour de mission, les Anglais nous attendaient à cinquante kilomètres de la frontière pour l'exfiltration. Nous leur avons remis nos équipements et sommes montés dans des hélicos militaires, type Puma, pour regagner la Côte-d'Ivoire et faire le périple inverse, jusqu'à Abidjan. Puis, nous sommes restés deux jours dans un hôtel, jusqu'à ce que l'Américain remette 50.000 $ à chaque camarade. Chacun repartait de son côté. Personnellement, j'ai refait un circuit par Marbella, Pilar de la Horadada, jusqu'à Barcelone et suis reparti quelque temps chez moi dans le sud de la France.

---Quelles étaient tes impressions ?

J.M. réfléchit quelques secondes, avant de répondre plutôt froidement.

---Rien de particulier, Blanco. Je dirais juste la satisfaction de la mission accomplie. Je ne me posais pas de question, je comptais surtout mon argent, que je dépensais sans compter. (Rire). Dis-moi, Blanco, t'aurais pas une p'tite faim ?

Obnubilé par les écrits, je ne m'étais pas rendu compte que 14 heures sonnaient. La *Mamma* nous cuisina une gigantesque escalope de veau à la milanaise, accompagnée de ses délicieuses pastas. *J.M.* nous servit un bon petit vin italien, un *chianti*, ce qui ramena une once d'humanité et de chaleur dans une ambiance forcément plutôt froide, vu les sujets abordés. Sa mère et lui avalèrent leur repas si rapidement que je n'eus à peine le temps d'en manger la moitié, ce qui me valut de me faire charrier par *J.M.* : « *on a du boulot, Blanco, on n'est pas en vacances* », puis il conclut le récit de sa mission au Burkina Faso.

---Jamais je n'aurais cru, un jour, assister en direct à un coup d'État aussi sanguinaire, certains militaires proches du Président se faisaient littéralement découper en morceaux par des combattants libériens. Mais, en dehors de ce spectacle sanglant, je comprenais que les présidents africains étaient à la merci des impératifs géopolitiques des pays riches. C'était le cas du Burkina Faso, dont la situation géographique était stratégique pour les Occidentaux. Seuls les Russes avaient été absents, du moins en apparence, de ce théâtre d'intervention, et pour cause, l'enjeu des Occidentaux était de prendre un ascendant territorial sur l'U.R.S.S.

Puis, *J.M.* se tut quelques instants, il insista encore une fois sur l'utilisation du mot *théâtre*, car il ne lui avait pas échappé que les divers coups d'États, notamment en Afrique, étaient instrumentalisés par les grandes puissances mondiales. Après une petite gorgée de *Chianti*, il classait définitivement ce dossier et se remémorait déjà une autre opération plutôt surprenante.

4- Mission : « Abou Jihad » à Tunis.

La table débarrassée, sa mère hors d'oreille, J.M. s'engagea dans un nouveau récit.

---Vers la fin février 1988, me trouvant dans ma famille en Italie, je recevais une nouvelle enveloppe jaune contenant l'habituel million et demi de lires et de nouvelles instructions. Les ordres étaient très clairs, j'étais en charge de former un commando de sept camarades pour nous rendre dans un hôtel à Tunis, quelques jours avant le 15 avril. Pour l'une des rares fois, mes frères d'armes et moi-même partions en même temps de l'aéroport de Rome, je crois que c'était le 13 avril. Nous descendions dans un hôtel du centre de Tunis et recevions la visite, le lendemain en début d'après-midi, d'un couple se disant officiers libanais. Ce que je ne crus pas. La femme, environ 35 ans, brune, style BCBG, à l'allure sportive, m'adressa un regard perçant, son visage en disait long sur sa détermination, elle n'intervint pas dans la discussion et ne fit que me scanner, tout en observant les alentours. Le gars, affûté, légèrement plus âgé, les cheveux noirs, porteur d'un costard cravate, s'adressa à moi dans un français remarquable. L'entretien fut bref et concis : « *vous devrez uniquement nous servir de soutien, rien d'autre, sauf si ça chauffe, je sais que vous savez faire. Trois d'entre vous suffiront pour cette mission, les quatre autres resteront à l'hôtel. Tenez-vous prêts* ».

---Ils ne t'ont donné aucune autre précision ?

---Non, bizarrement, notre champ d'action était très limité. Ils nous ont juste recommandé de nous tenir prêts pour le lendemain à partir de 15 heures. Comme convenu, mais un peu plus tard qu'envisagé, vers 16 ou 17 heures, le même homme vint nous récupérer à l'hôtel, à bord d'une Mercedes de couleur beige, il nous remit à chacun une arme de poing que nous dissimulions sous la ceinture. Après un petit quart d'heure de route, il stationna la voiture sur le côté gauche d'une rue à sens unique, à environ trente mètres de la maison qu'il nous indiqua comme l'objectif à sécuriser. Elle se trouvait sur notre gauche, il y avait une autre auto, un peu plus loin, avec trois personnes de son groupe à bord. Ils firent un tour du pâté de maisons, avant de revenir sur site, à une soixantaine de mètres derrière nous. Je ne me souviens plus de la marque de la voiture, je sais qu'elle est restée au milieu de la chaussée, lorsque notre chauffeur est descendu de la nôtre pour se diriger vers la maison. Mes deux camarades sont restés à l'extérieur de la Mercedes. Quant à moi, j'ai suivi notre conducteur, tandis qu'un homme et une femme de l'autre véhicule nous rejoignirent devant l'habitation. Ce deuxième homme s'affaira sur la serrure de la porte d'entrée et parvint très rapidement à déverrouiller la serrure, avant de faire quelques pas en retrait. Notre accompagnateur et la femme entrèrent dans la maison, empruntant un couloir au bout duquel apparut un homme de type arabe. Sans qu'il ne puisse esquisser le moindre geste, le couple fit feu sur lui à plusieurs reprises avec leurs armes de poing équipées de silencieux. Il me semble même que la femme ait tiré plus que son acolyte. La victime s'est effondrée au sol, j'ai juste remarqué, à sa proximité, la présence d'une femme orientale, et deux petits enfants qu'elle tenait contre elle. Le tireur et moi-même avons rejoint mes deux camarades et quitté les lieux à bord de la Mercedes. Les autres ont mis le feu à leur voiture en pleine voie et sont partis au volant d'une autre. Notre homme nous a déposés à une centaine de mètres de l'hôtel et nous a demandé de lui remettre nos armes, ce que nous fîmes. Notre mission se terminait ainsi, aussi bizarrement que ça puisse paraître. Ne voulant pas rester plus longtemps dans le pays, au cas où nous aurions été repérés, nous récupérions nos effets et, nous sept, quittions les lieux pédestrement. Au bout de quelques centaines de mètres, certains de ne pas être filochés, nous prenions deux taxis qui nous déposèrent au port de la Goulette, à Tunis. Il nous paraissait plus prudent de quitter la Tunisie par voie maritime plutôt que par les airs. Nous avons embarqué sur un ferry, qui voyageât de nuit, jusqu'au port de Marseille, puis nous nous sommes volatilisés, chacun de notre côté.

J.M., intrigué par ce que je faisais, interrompit son récit.

---Qu'est-ce que tu bricoles encore sur ton Mac, Blanco ? Tu n'arrêtes pas de pianoter ?

---Tu dois te douter que je vais te poser quelques questions, J.M., je viens de trouver quelques infos sur le Net au sujet de l'affaire dont tu me parles.

---Ah bon ? T'es sérieux, Blanco ?

---Pour sûr que je suis sérieux, J.M., et tu imagines que la version officielle est totalement différente de la tienne. Cet assassinat a été reconnu en 2012 par le groupe du *Mossad*.

---Oh, c'est la merde là, Blanco.

---Pas forcément, *J.M.*, il m'apparait tout à fait logique que les services secrets israéliens ne donnent qu'une version erronée d'une de leurs opérations ; ce sont des pros, peut-être le meilleur service de renseignements au monde, ils doivent préserver leur *modus operandi*. Classique ! Peux-tu me donner d'autres éléments de langage, avant que je te révèle ce que je viens de trouver ?

---Je n'aime pas trop jouer à ce petit jeu, mais je vais essayer de m'y prêter, Blanco.

J.M. adopta une position de retrait en s'adossant à sa chaise, croisa les bras et ferma les yeux, pour mieux se remémorer la scène qui s'était déroulée, excusez du peu, il y a quand même plus de trois décennies.

---Devant cette maison, il y avait une sorte de petit jardin, clôturé par un muret pas très haut. Deux portillons, de couleur vert pâle, faisant guise de portail, donnaient accès à ce petit bout de terrain. Je me souviens que celui de droite était en mauvais état et mal fermé, c'est d'ailleurs par-là que les trois individus sont entrés sans aucune difficulté dans l'enceinte. Une dizaine de mètres distançait l'entrée du jardinet de la porte de l'habitation. Absolument personne ne gardait cette maison plutôt discrète dans cette zone pavillonnaire de Tunis, où se trouvaient également de petits immeubles. Je n'ai pas prêté attention aux signalements ni du troisième homme, ni du quatrième, ni de la femme, lorsqu'ils sont entrés en action. J'étais plus concentré sur la sécurisation des alentours. Je ne puis me souvenir du signalement de la dame de type arabe, qui tenait les enfants contre elle, ni de l'âge de ceux-ci, même s'ils ne devaient pas avoir plus de dix ans. Peut-être aurais-je d'autres souvenirs, plus tard, mais je ne vois rien d'autre à ajouter pour l'instant. Nous avons su, par la suite, qu'il s'agissait de l'assassinat d'un leader de l'*O.L.P., Khalil Al-Wazir* dit « *Abou Jihad* ».

---Comment et combien avez-vous été payés pour exécuter cette opération d'assistance, *J.M. ?*

---C'est encore anecdotique. (Sourire). Chacun d'entre nous a reçu quelques semaines plus tard une enveloppe contenant 25.000 $ et, chose plus surprenante, un billet d'avion en première classe à destination de Tel-Aviv.

---Tu t'y es rendu, *J.M. ?*

---Non, Blanco, ni aucun de mes camarades, d'ailleurs. Les courriers étaient nominatifs, il s'agissait sans doute de remerciements du *Mossad* ou autre chose, va savoir ?

--Tu as l'air dubitatif. Dis-moi le fond de ta pensée, *J.M. ?*

---Le fait de nous transmettre ces envois portant notre nom, directement dans nos boîtes aux lettres, pouvait aussi nous signaler qu'ils savaient où nous trouver, donc nous inciter à garder le silence sur le déroulement de la mission. Je ne sais pas trop quoi penser, c'est encore embrouillé. D'un autre côté, s'ils ont fait appel à nous, c'est qu'ils avaient confiance, outre en nos capacités d'intervention, en notre totale discrétion. Finalement, il n'est pas improbable qu'ils aient voulu, ainsi, exprimer leur reconnaissance. Dis-moi ce que raconte ton article, Blanco.

En 2012, pour la première fois, Israël reconnaissait officiellement l'assassinat d'*Abou Jihad*, numéro deux de l'O.L.P., *Organisation de Libération de la Palestine*, tué à Tunis dans la nuit du 15 au 16 avril 1988, selon les extraits d'un article publié par le quotidien *Yediot Aharanot*, en accord avec la censure militaire. Cette élimination visait à décapiter la première intifada palestinienne, qui avait éclaté en décembre 1987. Cette opération aurait été réalisée par vingt-six membres des commandos de l'État-Major, débarqués sur l'une des plages à Tunis, avant de se scinder en deux groupes, dont un de huit, qui se serait approché, en voiture, à cinq cents mètres de l'habitation d'*Abou Jihad*. *Nahoum L.* et un autre homme déguisé en femme se seraient approchés de la maison, tenant une boîte de chocolats dans laquelle était dissimulé un pistolet muni d'un silencieux. Ils auraient abattu un garde qui se trouvait dans une voiture, le reste du groupe se serait introduit dans la maison après avoir forcé la porte d'entrée et aurait tué un second gardien et le jardinier, abattant *Abou Jihad* dans son lit, par un tir en rafale, sans blesser l'épouse qui venait d'apparaître dans la chambre.

J.M. réfléchit un long moment, avant de reprendre la parole avec des certitudes.

---Maintenant que tu me décris l'article de presse, il n'est pas impossible que la femme pût tout à fait être un homme, car elle avait une démarche plutôt masculine, lorsqu'elle s'est approchée de l'objectif, même si elle portait des talons hauts. À vrai dire, je ne l'ai pas trop regardée pendant l'opération, trop préoccupé à assurer les arrières, comme il avait été convenu, lors de l'entrevue de la veille. En revanche, à l'hôtel, le jour précédent l'opération, je suis certain qu'il s'agissait d'une femme. C'est pour cette raison que j'ai vraiment cru que c'était la même qui était au front. Pour le reste, cette version est très clairement erronée. Je n'ai aucun doute possible, les faits se sont passés en fin d'après-midi et non en pleine nuit. Il n'y avait pas une seule voiture, mais trois, la Mercedes, dans laquelle nous sommes montés, le véhicule incendié au beau milieu de la chaussée, puis le troisième, à bord duquel la femme ou pseudo femme et l'homme, qui a ouvert la porte de la maison, sont partis, avec au volant un autre homme de leur groupe. Ce qui ne correspond pas à une équipe de huit personnes, dont il est question dans l'article, puisque en comptabilisant notre trio de camarades, plus le quatuor du *Mossad*, nous étions sept sur les lieux de l'opération, du moins en apparence. Il n'est pas exclu que le reste de leur équipe les ait attendus à proximité. En tout cas, il n'y avait personne d'autre dans la rue. Ah si, peut-être un autre couple qui se trouvait très loin de l'action et qui marchait tranquillement, bras dessus, bras dessous, sur un trottoir. Puis, une chose est également certaine, il n'y avait aucun garde ni jardinier dans la maison et le numéro deux de l'O.L.P. n'a pas été tué dans son lit, mais au bout du couloir, dans la pièce de vie.

---Tu aurais des gens qui pourraient en témoigner, J.M., si besoin ?

---Je n'ai plus de contact avec mes anciens camarades, mais rien n'est impossible, même s'il est toujours difficile de s'exprimer sur ce type d'opération. De surcroît, je ne pense pas que le *Mossad* valide ma version des faits. (Rire). Puis, à quoi bon, Blanco ? Il est évident que la mission n'a pas pu se dérouler de la manière dont elle est décrite.

---Pour quelle raison ?

---Tu imagines, un couple livrant du chocolat en pleine nuit ? Allons, restons sérieux, Blanco. C'est aussi la preuve que les faits se sont déroulés plus tôt.

J.M. resta pensif, un long moment. Puis, il m'avisa fixement, fit un petit tour à l'extérieur de la maison et revint quelques minutes plus tard. Je brisais le silence pesant.

---Ça va, J.M. ? Tu veux continuer ?

---Je n'en sais rien, Blanco. Plus on avance, plus je me rends compte que ma parole risque d'être mise sérieusement en doute. Moi-même, j'ai été surpris que le *Mossad* fasse appel à une force extérieure pour remplir ce type de mission. Je n'ai pas vraiment d'explication rationnelle quant à notre présence avec les Israéliens en Tunisie. J'avoue que ça m'échappe. Peut-être qu'en cas de dérapage, notre équipe aurait endossé la responsabilité de cette attaque. Notre statut n'aurait visé aucune entité et, en cas d'arrestation, aucun d'entre nous n'aurait balancé. Avec le recul, je pense que la rue était étonnement déserte pour l'heure d'intervention, en fin d'après-midi ; il est aussi surprenant que le numéro deux de l'O.L.P. n'ait pas bénéficié d'agents de sécurité. À croire que cette exécution n'était un secret pour personne, en Tunisie.

---Une chose est sûre, *J.M.,* il te sera toujours très compliqué de justifier d'avoir réalisé tes opérations extérieures. D'ailleurs, c'est aussi un peu le but de ce genre de mission officieuse. Bref, qu'as-tu fait après cette fameuse incursion en terre tunisienne ?

---Il me semble qu'il n'y en ait pas eu d'autres avant quelques années, où peut-être une ou deux, mais pas très marquantes ni enrichissantes financièrement parlant. Je vivais la belle vie avec l'argent dont je disposais encore en abondance. Puis, j'ai été recommandé auprès de *Mohamed Bin Abdul Aziz* d'Arabie saoudite, par feu *Robert Marini,* un vétéran du Vietnam, ex-barbouze, pour devenir le chauffeur et garde du corps de *Son Altesse Royale* de 1989 à 1991. J'ai bénéficié d'un concours de circonstances pour obtenir ce poste à responsabilité. En effet, j'étais un ami de Laura, la fille de mon intermédiaire. C'était une très belle expérience et, de surcroît, assez bien rémunérée. Je découvrais la sensation nouvelle de rentrer dans le rang, d'exercer un métier comme Monsieur tout le monde. Néanmoins, ça devint vite ennuyant, à vrai dire, cette activité manquait cruellement de piment.

---Que faisais-tu à tes heures perdues, si je puis m'exprimer ainsi, J.M. ?

---Je fréquentais des gens du sud de la France, qui avaient également beaucoup d'argent, comme *François F.*, qui était le neveu de *Marcel F.*, dit « *L'empereur des jeux* », abattu le 15 janvier 1982 à Paris, un homme d'affaires et politique français d'origine corse, à qui l'on prêtait des relations étroites avec le grand banditisme. D'ailleurs, j'ai encore une anecdote croustillante qui a failli nous coûter la vie, sans que je n'en connaisse véritablement les raisons. En juillet 1991, François m'avait déclaré avoir une embrouille avec des gars de la région, à qui il voulait donner une leçon. J'avais refusé de lui procurer une arme à feu pour régler son différend dont je ne connaissais pas l'origine. Un soir, alors que nous nous trouvions sur la Croisette à Cannes, juste en face du Palais du Festival, j'ai évité de justesse une voiture qui nous fonçait dessus, le passager avant droit a fait feu, une première fois, sur François, le touchant au niveau du dos, j'ai couru en direction de la mer en évitant trois ou quatre tirs, puis la voiture a pris la fuite. Lorsque je suis revenu auprès de mon acolyte, j'ai vu qu'il était salement touché, mais par chance la balle n'avait atteint que le foie, qui est le seul organe qui se régénère. Il s'en est sorti grâce à ça. Après, tu connais le processus, la police de Cannes s'est déplacée sur les lieux, puis ils ont fait appel à la P.J. de Nice, qui m'a placé en garde à vue « pour les besoins de l'enquête », dans ton ancienne caserne Auvare. (Sourire). Le père de François, Jean, pensait que j'avais quelque chose à voir avec cette fusillade. Je pus le convaincre du contraire, ainsi que le Commissaire de police de la P.J. de l'époque. Ça m'a gavé de passer une nuit au cachot pour rien. Je me suis défoulé sur un connard qui m'emmerdait, un petit malfrat de bas étage. Les policiers l'ont mis en sécurité dans une autre geôle. Il valait mieux pour lui, il allait finir en steak haché.

---Les auteurs des tirs ont été identifiés, J.M. ?

---Je ne pense pas, je n'ai pas eu de news sur la suite de l'enquête, puisque j'ai pris rapidement mes distances en raison de l'attitude agaçante de la famille de mon pote. Je suis allé me régénérer en Italie, chez ma tante et mon oncle, sans doute l'endroit où je me suis toujours senti le mieux.

---Pourquoi pas auprès de tes parents ?

---Nous n'avions pas vraiment de vie de famille. Ma mère travaillant en Afrique et mon père bossant sur La Ligure. Je n'ai pas eu la chance, non plus, d'être plus proche de mon petit frère. C'est la vie, Blanco.

---Tu continuais à t'entraîner physiquement et au tir, en cas de sollicitation pour une OPEX, J.M. ?

---Oui, toujours. Je faisais beaucoup de sport et je jouais dans une équipe de foot régionale en Italie, ça me maintenait en forme. Pour l'entrainement au tir, pas de problème non plus, dixit mes frères d'armes, j'étais doué pour ça et j'ai toujours tiré depuis mon plus jeune âge.

J.M. souleva le couvercle de la casserole qui se trouvait sur le vieux poêle à bois ; le même qu'avaient mes grands-parents, dans leur maison ouvrière de la cité du Maroc à Boussois, un petit bled près de Maubeuge, dans le Nord ; bizarre ce come-back d'un demi-siècle. La soupe était chaude, les 23 heures sonnaient déjà, le temps avait défilé, pour preuve, sa maman nous avait salués trois heures plus tôt. Une petite pause nous fit le plus grand bien, le repas nous réchauffa et le fromage italien accompagné d'un petit verre de vin rouge nous égaya. L'ambiance se détendit, J.M. fut pris d'un fou rire, parvenant tant bien que mal à prendre la parole.

---Parfois, la vie est vraiment surprenante, Blanco. Qu'est-ce qu'on fout ici tous les deux, dans ce coin perdu au milieu de nulle part, toi qui étais à mes trousses il y a quinze ans ? (Rires partagés).

---Il faut prendre la vie comme elle vient, J.M., elle est faite de rencontres improbables, c'est sans doute écrit quelque part, je ne crois pas au hasard. C'est ce qui fait sa beauté, parfois. Nos singulières retrouvailles ont sans doute un but non encore éclairé, l'avenir nous l'apprendra sûrement. Ça tombe bien, toi qui aimes le piment.

---Tu parles toujours comme un flic, Blanco. (Rire). Comme tu dis, qui vivra verra ! En tout cas, j'espère que ça ne nous coûtera pas la vie. (Sourire).

---Bah, mourir pour la bonne cause, en quête de la vérité, c'est quand même une belle mort, non ?

---Ouais, mais à choisir j'aurais quand même préféré mourir au combat. Ça serait plus glorieux. Tu ne penses pas, Blanco ?

---Si, bien sûr, mais qui te dit que ça ne sera pas le cas ? Puis, ça reste sûrement l'un de tes derniers combats. (Clin d'œil).

---T'es pas toujours rassurant comme mec, Blanco. (Rire). Toujours aussi tête brûlée à ce que je vois.

---Bof, la peur n'évite pas le danger. Non, j'ai beaucoup changé depuis mon départ à la retraite et l'écriture m'ouvre davantage l'esprit. Allez, assez parlé de moi, c'est de toi dont il s'agit, alors poursuivons avant que le sommeil nous gagne.

---Mais tu ne te reposes jamais, Blanco, je comprends mieux pourquoi tu m'as serré en 2006. Les flics de Paname m'avaient prévenu : « *il ne sera pas simple de traiter avec le cow-boy* ». Pour autant, lorsque mes problèmes ont commencé en 2008 dans les Alpes-Maritimes, ils n'ont pas hésité un dixième de seconde à me conseiller de me rapprocher de toi. Bon, avant de m'éclipser, je te raconte une dernière petite anecdote, qui me laissera un souvenir impérissable, même si elle a un rapport avec le stage le plus violent de ma carrière.

J.M. écarta, d'un revers de la main ce qui était posé devant lui, j'en fis de même pour repositionner mon Mac. Il posa ses avant-bras sur la table et croisa ses doigts, avant de commencer la narration. Les yeux rougis par les heures d'ordinateur, je plissais ceux-ci quelques instants, attendant que mes lunettes m'éclairent enfin la vue pour écrire les dernières lignes de cette longue journée, me paraissant pourtant si courte.

J.M. ne se souvenait plus de la date exacte, mais il situait tout de même l'année, 1992, lorsqu'il reçut une nouvelle enveloppe jaune contenant les habituelles lires et la mission singulière de se rendre au 22ème régiment du S.A.S. à Credenhill, en Angleterre, pour y suivre un stage commando de six semaines. Sans doute que ses « employeurs » voulaient s'assurer qu'il restait toujours dans la partie. Ainsi, il put prendre le tunnel sous la manche pour la première fois. Il s'agissait d'un entraînement orienté, en partie, sur les nouvelles techniques de combats, liées à la lutte contre le terrorisme, avec notamment la pratique du « *Close Quarter Battle* », *CQB*, une science du *fight* dans une zone relativement étroite, qui nécessite des répliques adaptées aux stratégies de sécurisation rapide, le travail d'équipe restant l'atout majeur au succès d'une opération. Mais, avant de passer au cœur du sujet, une sélection naturelle était nécessaire pour ne garder que les meilleurs, le *CQB* se méritait.

---Nous étions logés dans des baraquements, il y avait peut-être six ou sept cents stagiaires d'horizons divers, sans véritable référencement, chacun restant silencieux dans son coin. Nous savions que l'élimination allait être impitoyable. Dès 5 heures, le petit footing en guise de réveil musculaire fut de rigueur, puis nous rentrions à la base militaire de Herefordshire pour commencer l'« écrémage » sous le sourire sadique des formateurs du S.A.S. Au bout de quatre semaines d'efforts inhumains, nous ne restions plus qu'une soixantaine à avoir survécu aux inégalables épreuves. Souvent seuls ou en binôme, nous évoluions dans les montagnes du Black Mountain du pays gallois. Chaque jour, durant trois interminables semaines, nous devions atteindre un nouveau point de ralliement, en respectant un temps déterminé, sinon c'était l'élimination pure et simple. La dernière ligne droite fut certainement la plus dure, car, lors de nos parcours, nous étions faits prisonniers, ligotés, un sac sur la tête et emmenés dans une lugubre salle d'interrogatoire. Je dois dire que les sous-officiers du S.A.S. s'en s'ont donné à cœur joie. Ils distribuaient des coups à tout va, nous plongeaient la tête sous l'eau, nous laissaient à poil dans le froid, tout en nous posant toutes sortes de questions inutiles. Je ne peux en avoir le cœur net, mais il me semble que mon interrogatoire a duré plus de trente-six heures. J'entendais des camarades de galère pleurer dans des cellules contiguës, ce qui était rédhibitoire et synonyme d'élimination directe. Ils cédaient sous l'effet de la fatigue et perdaient ainsi toute lucidité, alors qu'il ne s'agissait que de mise en situation de stress. Je suis encore assez fier, aujourd'hui, d'avoir parfaitement supporté ces tortures finalement plus psychologiques que physiques, même s'il n'était question que d'entrainements factices.

J.M. sourit, l'air satisfait de ce qu'il avait accompli jadis au Royaume-Uni ; il est vrai qu'il y a beaucoup de candidats pour peu d'élus dans ce genre de stage de l'extrême. Il nous resservit un dernier petit verre de vin et nous trinquions à son ancienne réussite. Il s'empara de quelques bûches pour alimenter le feu à bois et reprit son récit, le visage encore illuminé par ce souvenir.

---Les « survivants » partirent en convoi pour un trajet d'environ deux heures vers Brize Norton, la base de la Royale Air Force, pour l'obtention du brevet de parachutiste militaire anglais. Même si nous possédions déjà ceux de nos pays respectifs, celui-ci revêtait une référence particulière. Nous effectuions cinq ou six sauts dans la journée, ce qui représentait une belle cadence, puis nous passions la nuit dans cette enceinte militaire. Très tôt le lendemain matin, après un petit footing de dix bornes, nous nous apprêtions à sauter à huit mille mètres d'altitude. Là, c'était une grande première pour moi. Ce fut une expérience exaltante, puisque nous mettions les masques à oxygène pour pallier l'altitude, et que dire de cette sensation extraordinaire, lorsqu'on s'élance dans le vide à plus de 200 km/h. Ainsi, j'avais l'honneur de rejoindre les professionnels du 2ème REP de la Légion étrangère qui sautaient avec des variantes de 1200, 4200, 6500 et 8000 mètres. Ce dernier saut était validé par un brevet de « chuteur opérationnel ». Bref, nous terminions par quelques techniques de saut *HALO*, « *High Altidude-Low Opening* », puis à basse altitude, très rapide et plutôt dangereux. À la fin du stage de six semaines, nous recevions un basque couleur sable foncé et un poignard ailé.

---Pourquoi es-tu parti seul au stage ?

---J'ai su par la suite qu'une partie de mes camarades avaient aussi reçu cette feuille de mission, mais n'avaient pas pu ou voulu se déplacer pour du « fictif » et du bénévolat. (Sourire). Sachant que certains d'entre eux se trouvaient déjà sur le théâtre d'opérations extérieures et d'autres n'avaient pas de disponibilité à cette époque.

---Pour toi, ce stage permettait à tes employeurs de s'assurer de ton état de forme, rien d'autre, J.M. ?

---Je le pense aussi, Blanco. Je ne vois pas d'autres raisons, d'autant qu'aucune opération extérieure n'était programmée.

---Qu'as-tu fait ensuite, J.M. ?

---Je suis passé par Paris, un service français que je ne citerai pas m'a remis une liste de terroristes musulmans planqués en Italie, que je transmis, en main propre, place de l'Espagne à Rome, à *Sergio S.*, Général des Corps armés des Carabiniers du S.I.S.M.I., maintenant A.I.S.E. ; qui était en compagnie d'un Colonel du S.I.S.D.

J.M. appuya ses mains sur la table pour se lever et m'avisa, le visage marqué.

---La messe est dite pour aujourd'hui, je suis cuit ! Bonne nuit, Blanco !

Les yeux fatigués, je restais seul dans la cuisine et approchais ma chaise du vieux poêle à bois. Cette source de chaleur me fit le plus grand bien. Certes, l'hiver n'était pas rigoureux pour cette fin du mois de décembre, mais la maison n'était chauffée que par la combustion de bûches.

L'appel de ma compagne, Betty, me réchauffa davantage le cœur. Elle semblait rassurée que le projet d'écriture avance aussi rapidement et, surtout, qu'en apparence, J.M. soit sorti du système. Ce qui réduisait considérablement le risque de rencontrer un quelconque problème, même si personnellement je ne craignais pas d'y faire face.

Je revenais rapidement sur cette opération tunisienne avec le *Mossad*. Fallait-il parler de cette affaire ou pas ? Peut-être ne l'aurais-je pas évoqué si les services secrets israéliens n'avaient pas publiquement reconnu l'exécution du numéro deux de l'O.L.P. ? J.M. semblait également hésitant, avant de déclarer : « *allez, allons-y, de toute façon, on ne me croira pas !* ».

Avant de trouver difficilement le sommeil, je m'interrogeais encore sur les raisons de ma présence ici, d'autant que mon interlocuteur et moi-même pouvions être considérés comme l'inverse et son contraire. Il avait effectué bon nombre de missions et tué pour de l'argent, même s'il se justifiait d'avoir supprimé des terroristes. Tandis qu'en ce qui me concerne, j'avais exercé mon métier de flic, guidé uniquement par mes idéaux, pour combattre l'injustice, toujours dans le souci du collectif.

C'était sans doute ce qui caractérisait l'intérêt de ce huis clos, perdu au nord du Piémont.

5- Du fusil à l'arbalète.

Ce 28 décembre 2021 à 7 heures, on prit les mêmes et on recommença. Je savourais un bon café italien avec la *Mamma* debout depuis 5 heures, comme tous les jours.

---Tu as mieux dormi, Blanco ?

---Oui, j'ai écrit jusqu'à 2 heures, puis, sans que je ne m'en aperçoive, j'ai plongé, jusqu'à maintenant. Ces cinq heures de sommeil m'ont permis de bien récupérer des deux nuits blanches précédentes.

---Tant mieux, tu as encore une grosse journée qui s'annonce. Tu voudras faire un tour en ville pour te changer les idées ?

---Non merci, j'ai trop de taf, je préfère rester focalisé sur les récits de J.M., car c'est difficile de faire le tri et je ne veux pas m'éterniser ici. Non pas que je sois mal avec vous, mais je dois rejoindre ma compagne à Saint-Martin, pour quelques jours.

J.M. pointa le bout de son nez, vêtu de sa tenue kaki. Il avait plutôt l'air de bonne humeur ce matin, contrairement à la veille.

---Salut la compagnie ! Encore sur ton ordi, Blanco ? Tu dors avec ou quoi ? (Rires partagés).

---Tu ne crois pas si bien dire. C'est un magnifique cadeau de ma femme qui ne me quitte plus d'un pouce.

---Tu parles de ta femme ou de l'ordi. (Sourire). Bon, trêve de plaisanteries, on s'met au boulot ou pas ? Ma mère peut rester pour la prochaine anecdote, car elle y a assisté, m'empêchant même de tuer des gens.

---Tu attaques fort dès le réveil. Pas de problème pour moi, je suis prêt à pianoter, J.M., si Monsieur veut bien s'en donner la peine. (Clin d'œil).

Outre ce stage commando en Angleterre, J.M. profita de presque deux années de liberté de mouvement, ce qui lui permit de visiter beaucoup d'endroits qu'il n'avait pas encore explorés en Italie. Puis il décida d'acheter un domaine au nord de l'Italie, dans la région de Cuneo. Il passait la plupart de son temps à rénover sa maison et se promenait quotidiennement dans la montagne, alliant course et marche pour maintenir la forme, au cas où. Il devenait de plus en plus ours et se satisfaisait de vivre comme un ermite, quand bien même il n'avait guère plus de vingt-six ans.

Un matin, qui paraissait pourtant identique aux autres, vers 6 heures, il entendit un animal gémir à proximité d'un sentier de sa propriété de plusieurs hectares. L'hiver battait son plein et la neige recouvrait la végétation. Ainsi, J.M. n'eut aucun mal à suivre les traces de pattes suffisamment imposantes pour laisser penser à l'itinéraire emprunté par un gros chien. Lorsqu'il s'approcha de la zone, il n'entendit plus un bruit, plus une plainte, la bête, sans doute blessée, devant sentir son odeur, se fit discrète. J.M., suivant les empreintes fraîchement dessinées sur cet épais manteau blanc, remonta en amont du sentier, sur une dizaine de mètres. À sa grande stupéfaction, il découvrit un jeune loup, dont l'une des pattes arrière était coincée dans un maudit collet qui lui avait déjà profondément entaillé la peau. C'était vraisemblablement un piège posé par un braconnier du coin, *J.M.* en ayant trouvé bien d'autres, depuis qu'il arpentait de jour comme de nuit son nouveau territoire.

---Ça ne doit pas être simple de venir en aide à un animal blessé, surtout un loup, *J.M.* ?

---C'est clair, même si j'ai connu pire. (Sourire). J'ai montré patte blanche en baissant les mains parallèlement au sol et en me positionnant le plus bas possible pour me mettre au niveau du jeune loup. Il me donna l'impression de comprendre que je ne lui ferais aucun mal, car il me lâcha du regard deux à trois secondes pour se lécher la plaie. Mais c'était présomptueux de le penser et mal connaître cet animal, qui me montra les crocs dès que je fis l'esquisse de l'approcher. Pire, il commença à se débattre, ce qui le blessa davantage à la base du membre enserré dans le fil de fer. Je n'eus d'autre choix que de le plaquer au sol en lui serrant la mâchoire à l'aide de mon ceinturon de pantalon. Profitant de ce qu'il ne devait avoir guère plus d'un an, je parvins à l'immobiliser et peser sur lui de tout mon poids. S'il avait été plus âgé, il aurait été inconsidéré de tenter un tel sauvetage. J'attendis que son souffle s'apaise peu à peu pour sortir sa patte du collet que je parvins à desserrer. Le plus dur restait à faire, me dégager en ôtant rapidement la prise de la ceinture autour de sa mâchoire sans qu'il ne me rentre ses crocs dans la chair. Je patientais quelques instants, pour que sa douleur s'amenuise et qu'il se rende compte que je ne lui voulais que du bien. Puis vint l'instant fatidique, à l'instar d'un tir, je me concentrais et stabilisais ma respiration. Me sentant prêt à engager l'action, je réussissais simultanément à me lever tout en lui libérant la gueule. Il bondit à l'opposé de ma position, s'arrêta quelques secondes pour m'observer, regarda sa blessure et la lécha, avant de disparaitre dans la forêt, souillant la neige de quelques gouttes de sang.

Malgré cet épisode vécu il y a bon nombre d'années, une relative fierté s'afficha sur le visage de J.M. ; l'œil encore brillant, il but une gorgée de café, puis une deuxième et m'avisa.

---Tu vois que je n'ai pas réalisé que de mauvaises actions dans ma vie, Blanco.

---Je n'ai jamais dit le contraire, J.M. ; je ne suis pas venu ici pour te juger, mais, comme l'on dit dans le jargon policier, uniquement pour la manifestation de la vérité.

---J'ai fait des choses que les gens qualifieront de criminelles, pourtant je me trouvais quasiment toujours en situation de guerre ou tout au moins dans des opérations similaires, lorsque j'ai tué des gens. Je n'ai pas l'impression d'avoir descendu des innocents, même si certaines de mes cibles étaient instrumentalisées, comme ce fut le cas au Liban, où j'ai abattu, sans le savoir, des femmes et des enfants qui étaient embrigadés par le Hezbollah. Il ne faut pas oublier qu'ils tiraient sur mes camarades, Blanco.

---Encore une fois, je ne t'ai fait aucun reproche quant aux missions, je ne suis pas là pour te jeter la pierre. Puis tu ne pourras jamais revenir là-dessus, alors, ah quoi bon ? Ça ne sert à rien de te torturer l'esprit. Revenons plutôt à ton histoire de loup, si tu le veux bien. Je suis impatient d'entendre la suite.

Un tantinet rassuré, il reprit sa narration, le visage beaucoup plus détendu et la voix plus claire.

Le lendemain matin, même lieu même heure, trottinant sur le sentier enneigé de sa propriété, il sentit une présence derrière lui. Il se retourna brusquement et remarqua, à une cinquantaine de mètres en amont, que le jeune loup était à l'arrêt entre deux arbres et l'observait. J.M. reprit le footing comme si de rien n'était pour vérifier si le *canis lupus* allait le suivre à distance. Ce qu'il fit, même s'il boitillait légèrement. L'attitude de l'animal sembla sans équivoque, il envoyait, à son sauveteur de la veille, une évidente marque de reconnaissance. J.M., intrigué, laissa faire la nature. Il prit le chemin du retour, rentra chez lui en laissant grande ouverte la porte d'entrée de la maison, de sorte qu'il eut tout loisir d'observer l'animal planté à une dizaine de mètres de l'habitation. Peut-être avait-il faim ? Il lui lança le reste d'un poulet rôti de la veille. Le loup renifla l'offrande avec méfiance à plusieurs reprises, avant de s'en saisir et de disparaître dans la forêt. Ce scénario se répéta quatre jours de suite, le canidé suivant la course de J.M. de plus en plus près, approchant de la maison en manifestant moins de crainte pour déguster les poulets rôtis. Le cinquième jour, J.M. déposa la viande sur le pas de la porte, le loup mit presque une heure, en zigzaguant avec hésitation, pour s'en emparer. Il la dévora à vue et vint s'allonger sur le seuil de la maison.

---Au sixième jour, il entra pour la première fois dans l'habitation, je lui donnais le poulet directement dans la gueule, il ressortit pour le manger et revint ensuite dans la cuisine, du style « *j'en voudrais bien encore* ». Je le baptisais Iris.

---Pourquoi lui avoir donné ce nom d'Iris ?

---Dans la mythologie grecque, Iris était une messagère des dieux. Alors, je me suis dit que ce loup venait m'annoncer quelque chose, c'est pour cette raison que je l'ai appelé ainsi. Bref, il se laissa assez vite toucher la tête, il était en totale confiance. Il dormait au pied de la cheminée, semblant apprécier la chaleur ; je restais près de lui et dormais sur le canapé, mon neuf millimètre à portée de main, par habitude. La porte d'entrée restait ouverte, ce qui permettait à Iris de sortir quand il le souhaitait, mais il ne partait jamais bien longtemps. La phase d'apprivoisement terminée et réussie, il me fallait résoudre le problème des braconniers sur mon territoire. Je commençais par faire clôturer mon immense terrain. L'argent n'était pas un souci à l'époque. Deux semaines plus tard ma propriété était totalement hermétique. Quelques jours passèrent, je continuais mon entraînement matinal avec mon fidèle compagnon, Iris. Sortant du parcours habituel pour vérifier les travaux de clôture, je constatais des traces de pas dans la neige. Il s'agissait d'empreintes de semelles provenant de trois personnes. Deux presque similaires, pointures quarante-deux ou quarante-trois pour un poids d'environ quatre-vingts kilos ; la troisième beaucoup plus prononcée, le gars devait chausser du quarante-cinq/quarante-six et peser plus du quintal.

---Que faisaient-ils sur ta propriété, *J.M.* ?

---C'était bien le problème, Blanco, car trois possibilités pouvaient raisonnablement s'envisager. Soit, ils venaient braconner, dans ce cas je considérais que c'était un moindre mal, mais, *a minima*, les en dissuaderais ; soit, pour voler, ça m'agaçait davantage et j'allais leur en faire passer l'envie de s'intéresser à mes effets ; ou bien, s'en prendre à moi, là, je déclenchais la riposte *à la vie à la mort*, d'autant que les semelles s'apparentaient à des rangers militaires. Plus embêtant, je retrouvais ces traces de pas à moins de trente mètres de mon habitation. Tu te doutes bien que ma nouvelle mission consistât à découvrir leur mobile et m'assurer qu'ils ne reviennent pas. Je laissais leurs empreintes bien en évidence et nettoyais les miennes pour éviter qu'ils pensent avoir été découverts. Le grillage qui entourait les huit hectares de ma propriété me donnait un avantage certain. Il était suffisamment haut pour qu'ils ne puissent l'escalader, il fallait donc qu'ils le coupent pour entrer dans mon terrain et ainsi, je l'espérais, faire un peu de bruit et perdre un peu de temps. Au milieu de la nuit, je me postais, bien camouflé dans la neige sous une bâche militaire, à une trentaine de mètres de l'endroit où ils avaient pénétré. Iris, sentant qu'il se passait quelque chose d'anormal, resta sagement et silencieusement à mes côtés, l'œil alerte. Je savais qu'il resterait discret, les loups attaquent, mais n'aboient pas. De cette manière, nous étions en capacité d'inverser le rapport de force, via l'effet de surprise ; si les visiteurs pointaient le bout de leur nez, ils ne seraient pas déçus du déplacement. (Sourire).

---Tu étais porteur d'une ou plusieurs armes, je suppose, J.M. ?

Il sourit, avant de répondre.

---Pas suffisamment pour repousser un commando affûté, mais assez pour neutraliser ce trio qui avait fait preuve d'amateurisme en négligeant le nettoyage de leur passage. J'étais en possession de mon 9 mm, de mon couteau aiguisé des forces spéciales et d'une arbalète, que j'ai toujours, d'ailleurs. Cette première nuit de surveillance fut vaine, mais il s'agissait d'une mise en situation intéressante, car Iris était resté très patient et à l'écoute auprès de moi. Nous mangions quelques saucisses froides que j'avais coupées au préalable et je buvais du thé chaud dans un thermos.

---Tu es plutôt un adepte du café, J.M. ?

---Ça sent trop fort en condition de planque, même si le vent était de face. Dès les premières lueurs du jour, nous remontions à la maison et nous nous couchions près de la cheminée. Iris, comme à son habitude, se positionnant au pied du canapé, mais, désormais, la gueule tournée vers l'entrée de l'habitation, comme s'il avait compris que nous attendions de la visite. Il était d'une intelligence remarquable ce chien, pardon, ce loup. Personne au village ne connaissait l'existence de cet animal, j'avais pris soin de le cacher, lorsque l'artisan avait clôturé la propriété. Je croisais les villageois que très rarement, juste le temps de faire quelques courses, et encore, c'était souvent ma mère qui s'y collait une fois par semaine pour acheter du pain et de la viande, en un peu plus grosse quantité ces derniers temps. (Sourire). Nous continuâmes nos surveillances nocturnes et, comme souvent, au moment où on s'y attendait le moins, les trois lascars firent leur apparition en fin de nuit de pleine lune, il devait être 4 heures/4 heures et demie. Ils coupèrent le bas du grillage à l'aide d'une cisaille, sur une hauteur de cinquante centimètres, passèrent par-dessous et progressèrent vers la maison. Malheureusement pour eux, j'étais embusqué entre eux et celle-ci, les surplombant idéalement. Pas besoin de lunette à vision nocturne en cette nuit parfaitement claire. Je caressais Iris pour le calmer, car son poil se hérissait, par chance il ne fit aucun bruit. Vu le mode de progression aléatoire du trio, je comprenais que je n'étais pas en présence de militaires expérimentés, au pire je me trouvais en face de voleurs qui pensaient s'en prendre au bien d'un italien commun, venu s'isoler dans ce coin perdu, en quête de tranquillité. Je saisissais mon arbalète achetée en France quelques semaines plus tôt et plaçais l'une de mes flèches aux pointes spécialement conçues pour le sanglier. (Rictus). Je fixais la cible, bloquais ma respiration et fis mouche au premier tir, atteignant la cuisse du plus grand. Il tomba au sol en hurlant de douleur. Je lâchais mon arbalète et me précipitais vers les trois hommes entrés sur mon territoire sans y être invités. Je tenais fermement, dans la main gauche, mon poignard de combat et dans l'autre, mon pistolet automatique. Iris, recouvrant son instinct de chasseur, se précipita vers eux et mit en fuite les deux malfaiteurs, mordant fortement le mollet du moins rapide. Le troisième, toujours au sol, un grand albanais, se tenait la jambe en me suppliant de ne pas le tuer ; le canon de mon automatique appuyé sur le haut de son front et mon poignard dans l'autre main lui laissant présager du contraire. Je lui collais la face dans la neige, mon arme de poing désormais appuyée sur sa nuque rasée. Je trouvais, à l'arrière de sa ceinture de pantalon, un pistolet de fabrication yougoslave de calibre 7.63. Le trio n'était peut-être pas venu que pour me voler.

---Comment se comportait Iris, *J.M.* ?

---Il bavait et venait de goûter au sang de l'un des comparses de l'Albanais. J'avoue que j'ai, moi aussi, vu rouge, lorsque j'ai trouvé l'arme à feu sur le visiteur. Il est vraisemblable que, si ma mère n'était pas intervenue, je lui aurais sans doute tranché la gorge, découpé et donné à manger aux loups…

La *Mamma*, assise avec nous dans la cuisine, aussi vêtue d'une tenue kaki, confirma que l'Albanais avait vu la mort de près : « *oui, Blanco, je pense bien que J.M. l'aurait tué. Même ce jeune loup semblait moins féroce que lui. Heureusement que j'ai été réveillée par les hurlements du gars, sinon, je ne donnais pas cher de sa vie ».*

---Que s'est-il passé ensuite, J.M. ?

---J'ai ligoté les mains de ce salopard dans le dos, j'ai dévissé la tête de la flèche qui avait traversé sa jambe et j'ai retiré la tige par là où elle était entrée. Le type hurlait, je lui ai mis une claque pour qu'il cesse, car ça excitait encore plus Iris. À l'aide de son ceinturon, je lui fis un garrot et le mis sur le siège avant droit de mon 4x4 flambant neuf, un *Mitsubishi Pajero*. Iris grimpa sur la banquette arrière et continua à montrer les crocs sans le lâcher des yeux. Parfois le jeune loup m'adressait un bref regard, comme s'il me demandait l'autorisation de finir le travail, intelligente cette bête. L'Albanais craignait toujours que je le descende et me demandait de ne pas le tuer, il parlait assez bien l'italien : « *nous n'en avions pas après toi, on voulait juste voler deux ou trois trucs et repartir, je te demande pardon, s'il te plait, laisse-moi partir ! Je ne reviendrai plus !* ». Finalement, arrivé à quelques centaines de mètres du village, j'ouvrais sa portière et lui rendais sa liberté. C'était de toute façon mon intention. Il boitait bas, mais devait être soulagé d'avoir eu la vie sauve, grâce à ma mère.

---Tu es certain qu'ils ne venaient pas pour te flinguer, J.M. ?

---Sûr, Blanco, sinon je l'aurais fumé et les deux autres aussi. Le ou les commanditaires n'auraient pas envoyé trois baltringues comme ceux-là pour s'en prendre à un gars de mon expérience. Ensuite je suis remonté à la maison et j'ai nettoyé la zone de conflit, au cas où je recevais la visite des carabiniers. Ce combat avait décuplé la confiance que m'accordait Iris, mais je craignais que le sang humain lui ramène son instinct de prédateur solitaire. Peu avant l'heure méridienne, la sonnette de l'entrée de ma propriété retentit. Je fus réveillé en sursaut et aperçus le jeune loup sortant déjà les crocs. Par prudence, je dissimulais mon automatique à l'arrière de mon ceinturon de treillis, j'enfilais ma parka militaire kaki, j'attrapais une pomme sur la table de la cuisine et me dirigeais, d'un pas lent, vers l'entrée de ma propriété qui se trouve à cent cinquante mètres de la maison. Ainsi, tenant à la main mon poignard de combat, épluchant lentement, mais précisément mon fruit, j'avais tout loisir d'observer les alentours, voire de dissuader les éventuels visiteurs de m'importuner. Mais, comme je m'y attendais, je constatais que deux carabiniers se tenaient debout devant mon portail, bien entendu, j'avais pris soin de laisser Iris dans l'habitation. Je fus surpris que tous deux me saluassent si respectueusement, pour ne pas dire craintivement. Leur attitude était sans équivoque, ils devaient être au courant de mes fonctions officieuses.

---Qu'est-ce qui t'a permis de le penser, *J.M.* ?

---Les carabiniers n'ont pas pour habitude de faire dans la dentelle, Blanco, absolument rien à voir avec la police française. (Sourire). Or, ils ont pris des gants pour m'informer qu'ils avaient été avisés par l'hôpital de Cuneo que deux Albanais présentaient des blessures singulières. Des premières auditions, ceux-ci leur avaient déclaré avoir été victimes d'une agression commise par un fou furieux, accompagné d'un loup affamé, dans la montagne. Je leur répondis par un rire soutenu, puis leur demandais s'ils prenaient réellement cette affaire au sérieux ; ce qui sembla être le cas. Je les fixais du regard et leur fit bien comprendre, qu'ici, personne ne devait venir me déranger, ni le jour et encore moins la nuit. Possible que mon message ait été assez clair, car les deux hommes s'excusèrent pour le dérangement et me saluèrent, avant de quitter les lieux à bord de leur voiture de service.

---Tu n'as pas eu de news de cette affaire, J.M. ?

---J'ai tout de même voulu planter le décor en me rendant le lendemain matin chez les carabiniers. Je leur remis le pistolet 7.62 enveloppé soigneusement dans un chiffon tâché du sang de l'Albanais.

---Plutôt culotté comme démarche, J.M. ?

---Au moins, ça avait le mérite d'être clair pour tout le monde. J'ai dit que j'avais trouvé cela aux abords de ma propriété. Le carabinier m'a souri, remercié pour le geste et s'est encore excusé pour le dérangement de la veille. Puis je suis rentré tranquillement chez moi, où ma mère et Iris m'attendaient.

---Comment te sentais-tu, à cette époque, J.M. ?

---À vrai dire, mes OPEX commençaient à me manquer, puis il fallait que je regagne un peu d'argent pour vivre plus aisément, la maison m'avait valu quelques dépenses. D'ailleurs, une lettre de mission me fut remise une semaine après ce petit incident, dans des conditions que je qualifierais de particulières. Ça tombait à point nommé pour plusieurs raisons, notamment parce que je sentais qu'un jour ou l'autre j'allais flinguer les braconniers qui rôdaient sur mon terrain, malgré la pose de la clôture. De plus, sans doute parce qu'il avait goûté au sang humain, Iris redevint assez rapidement sauvage et partait de plus en plus longtemps, jusqu'à ce que je ne le revoie plus. J'aurais vraiment aimé le retrouver pour le saluer une dernière fois, mais c'était peut-être mieux ainsi. Sûrement qu'il est revenu un jour, mais j'avais mis la poudre d'escampette. C'est regrettable, mais c'est la vie. N'empêche que ce fut une très belle expérience.

J.M., les yeux brillants, marqua un temps d'arrêt. Par pudeur, il fit mine de partir en « pause technique », puis revint, un quart d'heure plus tard, exsangue d'émotion, pour poursuivre son récit. Ce bref passage m'apporta la certitude que j'avais face à moi un homme qui pouvait faire preuve de qualités humaines respectables, du moins à l'endroit d'un animal sauvage. Finalement, il y avait peu de différence entre lui et Iris ; deux loups solitaires qui pouvaient être sanguinaires à tout instant.

Bref, une semaine plus tard, il reçut une convocation de l'école des carabiniers de Fossano, étonnement sans motif évoqué, mentionnant uniquement qu'il devait rencontrer le capitaine *Roberto L.* ; peut-être s'agissait-il des suites de l'affaire du tir à l'arbalète ? Il se rendit à cette adresse, à un quart d'heure de route de Cuneo, et se présenta devant cette caserne entourée d'une imposante ceinture murale. Après le contrôle de routine, il gara son *Pajero* dans l'enceinte militaire, fut accueilli par un sergent qui le conduisit dans le bureau du capitaine. En préambule, cet officier lui fit part de ses regrets de n'avoir pu remplir une carrière militaire qu'il aurait souhaitée tout autre : « *j'aurais rêvé de me trouver sur le théâtre d'opérations militaires, que ce soit sur des missions officielles ou officieuses* ». Le destin en avait décidé autrement, à cause d'une blessure bête, comme c'est souvent le cas. Aujourd'hui, il encadrait la formation au sein de cette caserne ; c'était toujours ça, il pouvait ainsi transmettre ses ambitions à jamais perdues, aux jeunes engagés. Ses propos laissèrent tout de même augurer qu'il en savait un peu plus sur *J.M.*, qu'il ne le laissa paraître. D'ailleurs, il insista auprès de lui sur la manière dont pouvait se réaliser ce type de missions. *J.M.* lui répondit plutôt brièvement : « *si je suis ici devant vous, c'est que les opérations se sont parfaitement déroulées. Le facteur chance a aussi joué en ma faveur, puisque je n'ai jamais eu la malchance de subir de vilaines blessures ou un quelconque échec lors de mes sélections* ». *J.M.* n'en exprima davantage, malgré son jeune âge, il n'avait que vingt-six ans à l'époque, il savait garder la réserve qui s'imposait. Le capitaine admit qu'il n'en saurait pas plus sur le sujet et lui sourit : « *je comprends tout à fait votre silence, c'est sans doute également grâce à cette maîtrise que vous êtes encore en vie* ». Il passa à un tout autre sujet, histoire de combler le vide et de mettre un terme définitif à l'incident de l'autre nuit : « *deux des Albanais ont déposé une plainte contre X… pour blessures volontaires avec arme, pour l'un, et blessures volontaires avec arme* par destination, en l'occurrence par l'utilisation d'un loup, pour l'autre. Il semblerait, selon vos indications, que ces faits se seraient déroulés à proximité de votre terrain. Avant que vous me répondiez, du moins si vous le souhaitiez, je puis vous dire que nos recherches se sont révélées vaines, car l'enquête de voisinage ne nous a pas permis d'identifier de fou, surtout avec un loup, qui sévirait dans les parages. Puis, je ne connais d'homme dans le secteur qui, officiellement, serait capable de monter un guet-apens digne d'une opération commando pour faire face à trois dangereux individus armés et, pour sûr, avinés. Puis vous qui habitez dans le secteur, vous seriez forcément au courant de la présence de ce type d'individu accompagné de ce genre d'animal. Vous comprendrez que le dossier est donc définitivement clôturé. D'ailleurs, en parlant de clôture, je crois que cette anecdote nocturne découragera définitivement un quelconque braconnier de passer par votre propriété. De ce fait, il me semble que tout le monde ait obtenu satisfaction ».

---Les propos subtils du Capitaine me firent sourire intérieurement. En définitive, il avait raison, j'avais rendu service à tout le monde ; en l'occurrence, sauvé un jeune loup d'une mort certaine et lui avais rendu sa liberté ; on ne reprendrait pas de sitôt les Albanais à traîner dans le coin, c'était un gage supplémentaire de sécurité pour les riverains parsemés aux alentours ; les braconniers ne violeraient plus ma propriété, *de facto*, ils garderaient la vie sauve et leurs proies profitaient, ainsi, d'une zone de repli, et c'était autant de problèmes en moins à gérer pour les carabiniers. Effectivement, tout le monde pouvait se satisfaire de cet état de fait. Sauf peut-être moi, qui allais m'emmerder sévèrement. (Rire).

J.M. n'était pas dupe, le discours tenu par ce capitaine en souffrance laissait présager une autre porte de sortie : « *je félicite votre brillante perspicacité, Capitaine. Mais pouvez-vous me dire de quoi il s'agit réellement, je ne pense pas que vous m'ayez dérangé pour un motif aussi futile, n'est-ce pas ?* ». Il acquiesça d'un hochement de tête, sourit à nouveau, ouvrit le tiroir central de son bureau, en sortit une enveloppe jaune qu'il glissa devant le convoqué, blanchi de ce tir d'arbalète et de l'attaque de son loup, Iris.

---Je n'en fus pas vraiment surpris, parce que plus la discussion avançait avec ce Capitaine, plus je bifurquais vers cette hypothèse, même si ça faisait un bail que je n'eusse été destinataire de cette addictive enveloppe jaune. Finalement, c'est peut-être cette affaire anecdotique de blessure par arme et de morsure de loup, qui permit de me rappeler aux bons souvenirs de mon ou mes employeurs. Va savoir, Blanco, c'est tellement bizarre parfois ?

J.M. prit le temps nécessaire de se défaire de cette histoire et surtout de refaire le deuil de sa rencontre avec ce jeune loup. Puis une lueur dans ses yeux m'avertit de son envie grandissante de me narrer cette nouvelle OPEX dans laquelle il venait déjà de plonger.

Comme vous, je m'impatientais de connaître la suite.

6- Mission : sniper à Sarajevo, 1993.

La lettre de mission lui indiquait de se rendre à Milan, où un proche du colonel *Ratko M.* fit une entrée en matière pour le moins singulière : « *les balles sont plus précises, plus efficaces et font moins de bruits et de dégâts que les obus* ». Le décor était planté, il était fait appel aux qualités de sniper de *J.M.*, les troupes serbes avaient urgemment besoin d'experts en tir à longue portée. Sa réputation l'ayant précédée, *J.M.* fut ainsi recruté par ce militaire des Balkans, à raison de 100.000 deutsche marks pour une durée de deux à trois mois, selon l'efficience de ses tirs. Il obtenait rapidement l'accord pour que le paiement soit matérialisé avant son engagement physique, précisant à son interlocuteur : « *au cas où je ne revendrais pas, ça aidera mes enfants à pallier les besoins matériels* ».

---Il m'a semblé avoir gravi moult montagnes pour arriver en Serbie, ce 12 avril 1993. Cette date me parle, même si je n'en possède pas d'explication. J'étais escorté par les hommes de *Stanislav G.* ; arrivé à Sarajevo, j'eus l'honneur de rencontrer le charismatique *Ratko M.*, à quelques kilomètres au nord-est de l'aéroport de la capitale, dans un camp militaire sécurisé par des tanks et autres canons de mortiers. On m'emmenait dans sa tente et je constatais par moi-même la robustesse de cet homme d'une bonne quarantaine d'années, à la mâchoire carrée, aux yeux bleus verts perçants, les cheveux poivre et sel. Son visage était complètement fermé, mais très déterminé. Il commandait la *V.R.S.*,

Vojska République Srpske, soutenue par *Slobodan M.* qui volait au secours des ressortissants serbes de Bosnie.

---Tu les comprenais, *J.M.* ?

---À cette époque-là je ne parlais pas encore le serbe, mais on m'avait affublé d'un interprète italien qui maitrisait parfaitement la langue.

     J.M. poursuivit son récit. Le discours de *Ratko M.* semblait très clair. Lorsqu'une partie de son peuple, vivant en Bosnie, manifestait publiquement dans les rues de Sarajevo pour revendiquer la paix, elle était régulièrement la cible de snipers opérant pour le compte de *Stjepan K.* Il s'offusquait que ses compatriotes soient assassinés aussi injustement que lâchement. Définissant ainsi la mission essentielle de *J.M.* : « *je t'ai fait venir pour éliminer les snipers qui tirent sur mes frères et sœurs ; tu ne feras aucun quartier et tireras dès lors que l'un d'eux aura fait usage de son arme. Tu seras accompagné par l'un des nôtres. Que ta puissance de feu nous vienne en aide, mon ami* ».

---Outre l'aspect financier non négligeable, il m'avait convaincu de l'utilité de ma mission. À l'évidence, de pauvres innocents, pour certains des femmes, voire des enfants, se faisaient descendre bassement, alors qu'ils luttaient pour faire cesser une guerre absurde ; si tenté qu'il y ait de guerres sensées. Je ressentais moins de scrupules d'avoir encaissé les 100.000 deutsche marks pour éliminer ces salopards. Cette opération me semblait largement à ma portée, car ces criminels tiraient à environ deux cents mètres des manifestants pacifistes ; de la rigolade pour moi qui pouvait largement cibler à plus de cinq fois cette distance, selon l'arme en ma possession. Ce qui fut le cas, puisqu'un soldat me consigna un fusil français de précision, que je connaissais bien, un FR-F2 calibre 7,62 OTAN, d'une portée maximale utile de huit cents mètres, à la vitesse de huit cent vingt mètres par seconde. Que demander de plus que la remise de ce jouet, largement au-dessus des capacités de tirs de mes futures adversaires ? *Ratko M.* me serra la main généreusement : « *mon peuple te sera reconnaissant à jamais !* ». On me dirigea vers une autre tente, afin de mettre mon arme en sécurité. Je démontais rapidement et méticuleusement le fusil, enveloppant chaque pièce dans mes linges de corps, et les dissimulais dans mon sac à dos de touriste. Un officier serbe me remit une carte de presse française…

---Ce qui veut dire que la France pouvait être impliquée, si je puis dire, dans ton recrutement par la Serbie, *J.M.* ?

---Je suis comme toi, Blanco, je crois ce que je vois. Je te dis juste que l'officier serbe m'a remis une carte de presse française. (Sourire). Ce qui peut vouloir dire tout et n'importe quoi. N'oublions pas que l'enveloppe jaune m'a été remise par un officier italien et que j'ai été rémunéré en monnaie allemande. On ne sait jamais véritablement pour qui on travaille dans ce genre d'opération, les enjeux sont tellement divers et variés. Ça nous dépasse !

Un homme en civil lui était présenté, il sera son aide de camp permanent. Apparemment il n'y avait pas de temps à perdre, car il emmena *J.M.* sur le théâtre de l'opération qui devait se dérouler le lendemain à l'heure méridienne. Des ressortissants serbes devaient manifester à proximité d'une place du centre-ville de Sarajevo. En repérage, le sniper fit le choix d'un emplacement en position haute dans un immeuble lui permettant des tirs à six cents mètres et lui offrant un angle de vue suffisamment large pour observer les éventuels tirs sur les manifestants pacifistes serbes. Ils pénétrèrent dans le bâtiment désaffecté, gagnèrent le dernier étage pour investir un appartement vide d'occupants, souillé par des traces de sang, les murs criblés d'impacts de balles.

Je remarquais la tension monter sur le visage de *J.M.*, au fur et à mesure que son récit avançait.

---La nuit était déjà tombée. Je demandais à mon accompagnateur de retourner dans son véhicule stationné au bas de la tour et de s'assurer que personne n'entrerait dans le bâtiment. Il fut surpris de ma décision qu'il jugea trop hâtive : « *mais la manifestation n'aura lieu que demain ? Pourquoi planquer dès maintenant ?* ». Il comprit, dans l'expression de mon regard, que c'était non négociable. Pourquoi aurais-je pris le risque de céder une place aussi stratégique, au risque qu'elle soit utilisée par les snipers ennemis, le lendemain. Non, nous y étions et nous tiendrons notre position.

J.M. choisit l'emplacement idéal de tir. Sereinement, il remonta son FR-F2, fixa la lunette qu'il contrôla, positionna le matos sur son bipied, inséra le chargeur garni à dix cartouches de 7.62

OTAN, puis installa son bien très précieux, le silencieux. Il plaça une chaise à moins de deux mètres de l'encadrement d'une fenêtre, s'assurant d'un large champ de vision. Il était certain, ainsi, de voir l'ensemble du terrain de jeu, comme il le répétait fréquemment. Il ne restait plus qu'à dormir, jusqu'au lendemain. Par sécurité, il plaqua une armoire contre la porte d'entrée du logement et s'allongea sur un canapé poussiéreux, dans lequel, vu les circonstances, il trouva relativement rapidement le sommeil. Inutile de se poser de questions existentielles, il se trouvait là et savait exactement pour quoi.

Dès potron-minet, il fut réveillé par des bruits de pas dans les escaliers, qu'il reconnut être ceux de *Vladan*, car il montait les marches par trois. C'était un sacré molosse de plus d'un mètre quatre-vingt-dix pour cent dix kilos de muscle. *J.M.* lui dégageant l'accès à l'appartement, *Vladan* s'assura du poste de tir et sourit, tout simplement.

---Il baragouinait quelques mots en anglais, ce qui nous permettait d'échanger *a minima*. Je ne sais pas où il avait trouvé ça, mais il sortit d'une sorte de musette des sandwichs aux cevapi, des boulettes de viande locale, et deux canettes de *Coca-Cola* fraîches. Il fut surpris de ma réaction, lorsque je le pourris d'avoir quitté son poste de couverture pour amener ce petit-déjeuner : « *je ne suis pas ici pour pique-niquer, Vladan, mais pour rester en vie et préserver celle de tes compatriotes. À quoi bon avoir le ventre rempli pour mourir ?* ». Ce à quoi, il répondit : « *j'ai compris mon ami, je ne recommencerai plus* ». Histoire d'enfoncer le clou, je mis le sandwich et la boisson de côté.

Il devait être 7 heures, ce qui voulait dire qu'il fallait encore patienter environ cinq heures avant le déclenchement des hostilités. Ce qui laissa tout le temps à *J.M.* de revérifier son armement et de se familiariser avec son environnement pour mieux l'appréhender. Il avait rarement bénéficié de circonstances aussi confortables, lors d'une mission. La tension monta d'un cran, lorsque l'heure méridienne approcha. Il balaya du regard les environs, régla sa lunette et tenta de repérer le moindre mouvement suspect sur les toits d'immeubles ou autres ouvertures dans les bâtiments abandonnés. Il alterna les temps d'observation à la lunette et en vision naturelle pour ne pas altérer sa vue, s'accordant de courts moments de pause. *Vladan*, revenu auprès de lui, observait avec grand intérêt les attitudes professionnelles du sniper. Il sourit, lorsqu'il vit, au fond de la pièce, la canette de *Coca* vide, enveloppée dans l'emballage papier du sandwich pour n'émettre aucun bruit suspect. Brusquement, *J.M.* tendit l'oreille et leva l'index, faisant signe à son acolyte de se reculer.

À six cents mètres, il aperçut deux hommes armés de fusils, courir sur le toit d'un immeuble et se mettre en position de tir, tout en observant la lente progression des manifestants vers la place où devait avoir lieu le rendez-vous pacifiste. Dans un immeuble contigu, *J.M.* constata la présence d'un autre homme, équipé lui aussi d'une arme longue, posté derrière la fenêtre d'un appartement situé au troisième étage. Il ne pouvait distinguer clairement le tireur, mais la fenêtre venait de s'ouvrir et les rideaux bougeaient suffisamment pour avoir attiré immédiatement son attention.

J.M. sembla très satisfait du plan de bataille, le fondamental *voir sans être vu* étant respecté. Le surnombre ennemi serait annihilé par l'effet de surprise, inversant finalement très favorablement le rapport de force, d'autant que la distance de tir lui permettrait d'atteindre ses trois cibles, lesquelles, *a contrario*, n'étaient pas en capacité matérielle de le toucher ; sa position dominante sur les lâches assassins lui procurait encore un avantage non négligeable. Il s'assura tout même qu'il n'y ait d'autres tireurs embusqués. Le moment fatidique arriva sérieusement, lorsque les deux tireurs postés sur le toit se séparèrent chacun d'un côté pour couvrir l'angle le plus large possible sur la place.

---Les consignes des autorités serbes étaient claires, J.M., tu ne devais faire feu sur l'ennemi que s'il avait ouvert le tir.

---Je sais, Blanco. Tu as tout à fait raison, mais lorsque j'ai remarqué que le cortège, qui se dirigeait vers la place, n'était constitué que de vieillards, de femmes et d'enfants, mes propres règles ont pris l'ascendant. Tu comprends, les victimes potentielles n'allaient se trouver qu'à cent cinquante à deux cents mètres de distance des snipers ?

---Alors ?

---Alors quoi, Blanco ? Tu connais ma réponse. (Sourire). Il aurait été criminel de ma part de laisser abattre ces pauvres innocents sans défense. Tu aurais fait comment à ma place ? Tu aurais attendu qu'ils fassent trois victimes ou plus, avant de les ajuster ? Sérieusement, Blanco ?

---Je n'étais pas à ta place, *J.M.*, mais, comme ça, au fil de l'eau, je serais tenté de dire que j'aurais aussi anticipé les tirs bosniaques. Que s'est-il passé ?

---Les conditions atmosphériques étaient optimales, un vent quasi inexistant, peu d'humidité dans l'air, une distance très confortable, à peine six cents mètres, l'ajout du silencieux ne ralentirait que très peu la vitesse de l'ogive, peut-être sept cent quatre-vingts mètres par seconde, au lieu de huit cent vingt. Ce qui revint à dire que mon tir atteindrait la cible en moins d'une seconde, sachant qu'aucune riposte ne serait possible, me trouvant hors de leur portée de tir, à moins d'un coup de malchance extraordinaire. Encore aurait-il fallu que je sois visible, mon fusil était recouvert de mon dispositif de camouflage habituel pour éviter tout reflet et mon chiffon mouillé au bout du canon empêchait toute apparition de flamme.

Même après autant d'années, *J.M.* revivait la scène, le regard illuminé par la montée d'adrénaline. Il poursuivit inlassablement son récit.

---Le début du cortège approchait à grands pas de la place, les quatre cents manifestants n'étaient plus qu'à une cinquantaine de mètres du point de ralliement. Je pus voir distinctement l'un des tireurs sur le toit engager une cartouche dans la chambre du fusil. Ce sera mon premier objectif. J'ajustais ma lunette à vingt-huit clics de hausse pour une parallaxe de quelques mètres étant donné qu'il s'agissait d'un tir quasi à plat et que le vent était inexistant. Pour les puristes, j'effectuais un calcul rapide avec un écart à la ligne de visée de 1620 mm, d'où les 28 clics ; l'angle horizontal à 4,6 degrés.

Je cessais d'écrire et observais l'attitude surprenante de J.M. qui me donna l'impression d'être à deux doigts de tirer réellement sur une cible, la tête légèrement inclinée sur son côté droit, les bras en position fictive de tenue de fusil, un blocage respiratoire et un index qui appuya progressivement, sans à-coup. Il reprit la parole.

---Je visais la tête, mon index déclencha souplement le tir, le sniper fut touché en plein cou et s'affala sans que son acolyte positionné côté opposé s'en aperçoive. J'ajustais ce dernier juste au-dessus de la tête et fit mouche en plein front. L'impact le propulsa en arrière. Et de deux ! Ne me restait plus qu'à abattre le potentiel troisième tireur, qui se trouvait au troisième étage, derrière les rideaux. Cette fois, il n'y eut plus de doute possible quant à sa qualité de sniper, car son canon se posa sur l'appui de fenêtre, son tir était imminent, les premiers manifestants investissant la place centrale. Pas de temps à perdre, mon tir fut réussi, à en voir le canon qui glissa à l'intérieur du poste de tir du sniper embusqué. Au final, je tirais trois fois avec un laps de temps de trois secondes entre chaque tir. *Vladan*, stupéfait, resta bouche bée quelques instants. Il me fixa du regard avant de me taper sur l'épaule, prononçant un mot pour dire ok : « *dobro !* ». N'observant la présence d'aucun autre sniper, je démontais mon armement et nous quittions les lieux à bord de son véhicule. Il m'observa tout au long du trajet, jusqu'au camp. Nous restions plutôt silencieux, le boulot était fait, nous pouvions rendre compte sereinement auprès de l'Autorité. *Vladan* s'en chargea à merveille, vu les chaleureux remerciements qui me furent adressés.

---Quel était ton état d'esprit après tes trois tirs, *J.M.* ?

---J'étais satisfait du boulot accompli et avais vraiment le sentiment d'avoir sauvé la vie de pauvres gens revendiquant la paix entre des peuples qui avaient toujours vécus ensemble, avant le déclenchement cette guerre incompréhensible. Sinon, aucun état d'âme envers les trois criminels descendus. Le job, Blanco, rien que le job et l'argent.

---Comment s'est passée la suite de ta mission, *J.M.* ?

---Elle a duré presque trois mois, plus le temps avançait, moins il y avait de snipers bosniaques. Ils savaient qu'un tireur étranger faisait du nettoyage en tirant à une distance hors de leur portée. J'en eus aussi ma claque de cette pseudo guerre de religions, je choisis de rentrer au bercail, après avoir reçu de vifs remerciements des forces militaires serbes, dont j'avais pu apprécier les valeurs basées sur le courage et l'honneur. Je laissais Sarajevo le 25 juillet 1993, pour regagner la belle capitale, Paris, et y faire la fête.

---Tu pouvais passer aussi facilement d'une guerre à une vie festive, *J.M.* ?

---Sans aucun problème, Blanco, l'argent aidant considérablement à apprécier les bonnes choses et à oublier le reste. (Clin d'œil). Je repense parfois à l'origine de cette guerre déclenchée à la suite de l'assassinat d'un chrétien par son futur gendre de religion musulmane, lequel fut tué bien après la fin de ce conflit armé. Au cours de mon trimestre sanglant, j'ai vraiment pu apprécier le tempérament des Serbes, d'ailleurs, je suis resté ami avec bon nombre d'entre eux. Nous nous sommes revus à plusieurs reprises, hors contexte de guerre.

---Qu'as-tu fait ensuite, J.M. ?

---Je n'ai plus été sollicité avant 1996. J'ai connu une période d'indisponibilité à la suite de mon mariage avec une Lituanienne danseuse de ballet avec qui j'ai eu deux beaux enfants, une fille et un garçon. Une OPEX de 2002 a été la cause de notre divorce, même si le vase débordait déjà. Bon, il est tard, Blanco, je suis fatigué, à demain, mon ami, pour de nouvelles aventures.

Je lui arrachais quelques dernières infos, avant qu'il regagne sa chambre. Il semblait avoir véritablement aimé sa femme et, d'ailleurs, l'aimer encore. Pour la première fois, je pus distinguer une once de regret dans son regard, lui, qui paraissait pourtant complètement hermétique à l'émotion. Je pense que la fatigue de ces trois premiers jours intenses en souvenirs et en récits plus incroyables les uns que les autres commençait à fissurer sa carapace. Cette fameuse mission, dont il n'avait pas encore évoqué le contenu, avait sonné le glas. Sa femme lui demandant si elle devait l'attendre, il lui répondit par la négative, n'étant pas certain de revenir de cette opération à haut risque. Il divorçait ainsi de cette splendide épouse qu'il avait rencontrée à Modène en Italie, ville connue pour ses voitures de sport italiennes, Ferrari et Lamborghini, et son opéra. Finalement, un lieu qui correspondait tout à fait à la personnalité de *J.M.,* faite d'un mélange visible de feu et invisible de sensibilité. Il était très fier de ce qu'étaient devenus sa fille, vétérinaire, et son fils, ingénieur du son, tous deux vivants en Lituanie.

---Je ne les ai vus grandir que durant leurs toutes premières années, ensuite il y a eu les affaires et l'interminable cavale. Je n'ai pas été un bon père sur le plan affectif, mais ils n'ont jamais manqué de rien, matériellement parlant. Je leur ai acheté à chacun une maison. Cette fois, à demain, Blanco, je suis complètement vidé.

Sa dernière confession, teintée d'un zeste de regret concernant son ex-femme et ses deux enfants, m'interpella particulièrement. Je fermais les yeux, quelque peu rassuré, car il y avait bien une partie d'humanité enfouie au plus profond de ce personnage hors du commun. Son armure s'ouvrait peu à peu, au fur et à mesure que la confiance mutuelle s'instaurait. Je dormis plus profondément durant cette nuit, pour le coup, un peu moins froide que les précédentes.

7- Mission au Pakistan : l'apothéose.

Ce matin du 29 décembre 2021 à 6 heures, je prenais le café avec la Mamma, près du poêle à bois qu'elle avait généreusement rechargé. Elle s'asseyait face à moi, baissa quelque peu le regard, ce qui n'était pas son genre, et m'avisa à voix basse.

---Je ne sais pas trop ce qu'il a fait dans sa vie, sûrement des choses très graves, sinon tu ne serais pas là, Blanco. Je sais qu'il se sent trahi, mais je ne sais ni par quoi ni par qui, parce qu'il n'a jamais fait confiance à qui ou à quoi que ce soit. Sa cavale a été terrible pour lui, j'ai l'impression qu'il a tout perdu. Je ne parle pas que de son argent, mais aussi de sa famille, de ses enfants, et surtout de la considération que ses contacts semblaient lui manifester. J'ai très peur pour lui, je ne veux pas qu'il joue la partie de trop. Puis, il est très affaibli par sa blessure par balle.

---C'est vrai qu'il ne m'en a toujours pas parlé.

---Bon, je ne t'ai rien dit, alors. Il t'en parlera s'il le souhaite. Je l'entends se lever, je te laisse avec lui, bon courage, Blanco.

Étonnant qu'il n'ait pas encore évoqué cette affaire. Je n'allais pas l'amener sur ce terrain, il y viendrait sans doute de lui-même, plus tard. Il me salua, comme tous les matins, en me tapant sur l'épaule et sourit lorsqu'il vit que je pianotais déjà sur son Mac.

---T'es un fou furieux, Blanco. T'as pas encore dormi, cette nuit, je suppose ?

---Détrompe-toi, j'ai pioncé comme un loir. Prends ton café et viens t'installer, on a encore du taf et je suis en pleine forme, ce matin.

---Ok, je vais te parler de la première OPEX que j'ai refusée d'exécuter *in extremis*.

Pourtant souvent décrit comme un paradis sur terre, le Sri Lanka était le théâtre d'un attentat suicide le 31 janvier 1996, contre la banque centrale de Colombo, faisant quatre-vingt-onze morts et mille quatre cents blessés. Cet acte odieux était signé des indépendantistes tamouls et revendiqué par les Tigres de libération de l'îlam tamoul. *Prabhakaran Chandra*, l'aîné de *Velupillai Prabhakaran*, le chef des Tigres Tamil, avait été identifié par les services secrets russes comme le commanditaire et l'un de ses lieutenants avait été localisé au cœur de Londres.

---Pourquoi, les Russes, Blanco ? J'anticipe ta question. Parce que cet attentat avait causé la mort de la fille d'un milliardaire soviétique, qui avait mis dix millions de $ sur la tête du bourreau. Un politique italien en lien très étroit avec un ex-patron du K.G.B., devenu F.S.B. en 1991, avait décidé de donner un coup de main au très fortuné Moscovite. C'est par ce biais que je fus destinataire d'une nouvelle enveloppe jaune, envoyée à ma récente adresse en Italie. L'ordre de mission : « *se rendre à l'ambassade russe à Londres dans les plus brefs délais* », était accompagné d'un million et demi de lires et de mille livres sterling. Ma femme comprenait que l'urgence m'appelait sous d'autres cieux, mais m'en tint tout de même rigueur. Ça me perturbait de ne plus être seul dans la partie, désormais. Je prenais un vol Bologne-Paris, puis le train jusqu'à Londres, un taxi m'amenant à l'ambassade russe. Le portail en fer forgé de couleur noire s'ouvrit, le véhicule me déposa devant le petit escalier de cette magnifique habitation londonienne. Un homme me conduisit dans le bureau de l'ambassadeur accompagné.

J.M. stoppa un instant son récit et sourit, avant de reprendre vivement.

Une de ses vieilles connaissances était plantée là, aux côtés du représentant russe. Il sortit de son immobilisme, se mit à rire, assez rare pour un Russe, et vint saluer très amicalement J.M. ; il s'agissait du fameux lieutenant soviétique, V. Ivanov, qu'il avait rencontré, presque dix ans auparavant, lors de l'opération du Fort Toron, début 1987, au sud du Liban, mission au cours de laquelle il lui remit le fameux Imam enlevé. Il présenta J.M. à l'ambassadeur, qui lui serra la main à son tour, avant de l'inviter à s'assoir. Le magnifique feu de cheminée contrasta avec une ambiance plutôt froide, après les chaleureuses retrouvailles avec son ex-camarade d'OPEX. Sans faire de commentaire, une enveloppe jaune et une blanche furent glissées juste devant J.M., mais pour la première fois de sa carrière, il eut un mauvais pressentiment, il ne sentit pas cette opération. Pour faire court, il déclina les missives, salua ses deux hôtes et sortit, aussitôt suivi d'Ivanov.

---Ça a dû jeter un froid, J.M. ?

---Oh, pas plus que ça. On accepte ou pas les missions, c'est nous qui décidons, il n'y a aucune obligation, Blanco. De toute façon, ils admettent les refus, au risque que ça tourne mal si nous y sommes contraints. *Ivanov* a bien tenté de me convaincre de réaliser cette opération, en prenant quelques verres avec moi dans un bar voisin, mais rien n'y fit.

---De quoi s'agissait-il, au juste, *J.M.* ?

---Je devais buter un nommé Ibrahim B., l'un des membres des Tigres, qui était l'un des pions essentiels du fameux attentat au Sri Lanka. C'était un homme très dangereux et prudent, qui ne se déplaçait jamais seul. Il résidait à *l'hôtel Savoy*, un palace près du *Waterloo Bridge*. Mais je me devais de le suivre pendant plusieurs jours pour connaître ses habitudes. C'était très risqué d'intervenir au centre-ville de Londres et de disparaître comme si de rien n'était. Et puis, il y avait trop d'argent dans une si petite enveloppe. (Sourire).

---Que veux-tu dire, par-là, *J.M.,* tu n'as jamais été effrayé par le fric ?

---Trop de risques, Blanco. Je ne sentais pas ce coup, point, même s'il est vrai que la somme était tentante. L'opération se déroulait en plein cœur de l'Europe, et puis je n'étais pas en situation de guerre, cette fois. Peut-être, aussi, que ma situation familiale de l'époque m'en a dissuadé ? C'est comme ça. Je rentrais finalement en Italie, sans me fâcher avec les Russes et en tentant de me réconcilier avec Madame, pas simple non plus, surtout pour un gars comme moi. (Rire). J'ai eu la chance de me trouver auprès de ma famille pour la naissance de mes deux enfants. Mais le torchon se consumait peu à peu ; à l'évidence, je n'étais pas programmé pour ce genre de vie à la Monsieur tout le monde. Mon épouse avait cessé ses galas de danse, quant à moi, je tapais dans mes économies pour subvenir aux besoins des miens. Par chance, j'avais encore pas mal d'argent en réserve. Mais ça ne pouvait durer qu'un temps et la tension monta entre mon épouse et moi. Je partais de temps en temps respirer à l'extérieur et je fréquentais une magnifique Polonaise, *Paulina G.*, avec qui je partais passer quelques jours à Dubaï, aux Émirats Arabes Unis.

Vu le visage rêveur de *J.M.*, sûr qu'il avait eu le béguin pour cette fille. Me voyant l'observer, il reprit instantanément sa narration.

---Le lendemain de notre arrivée à l'hôtel Jumeirah Beach, le réceptionniste m'avisait qu'un courrier avait été déposé à mon intention. Je laissais mon accompagnatrice sur les bords de la luxueuse piscine et me précipitais vers la réception. Comme je ne pouvais l'imaginer, je fus surpris qu'il s'agisse de la fameuse enveloppe jaune. Décidemment, malgré quelques années d'inactivité et depuis la mission londonienne refusée, mes faits et gestes étaient toujours surveillés.

J.M. regagna sa chambre, oubliant sa charmante compagne, pour s'enquérir avec impatience du contenu du message :

Avion sur tarmac… Stop !

Ordre de mission immédiat… Stop !

Outils déjà transférés… Stop !

Référent, Lieutenant-colonel Marie-Dominique Charlier… Stop !

Il laissa un message à son amie, *Paulina,* et fila prendre l'avion privé qui l'attendait sur le tarmac. Un officier anglais, en tenue civile, le salua et le pria de monter à bord de l'impressionnant jet *Cessna.* Il le briffa rapidement, avant de décoller à destination de Kaboul. Quelque temps auparavant, les Américains avaient débuté l'opération *Anaconda* dans la vallée Shahi Kot dans la province de Paktia en Afghanistan. Les talibans battaient en retraite et deux de leurs chefs de guerre, *Bakir S.* et *Alaoud M.,* étaient parvenus à se réfugier dans la province de Pewar, au Pakistan. Les Anglais réussissaient à les localiser, mais ne pouvant passer la frontière, ils décidèrent de faire appel à une aide extérieure. Lorsque *J.M.* atterrit à la base militaire de Bagram à l'est de Kaboul, il fut immédiatement conduit dans ses quartiers, au coin d'un hangar équipé de deux lits picots kaki.

J.M. se mit à sourire et ne put s'empêcher de comparer ses deux derniers lieux de villégiature.

---Léger petit contraste entre le Jumeirah Beach Hôtel et ma jolie Paulina, en comparaison à ce hangar métallique et mon rustre accompagnateur. (Rire). Sur l'un des lits était posé un TAP, nom du sac militaire, comprenant un treillis, un blouson, des rangers et tout le petit équipement du commando, avec, bien entendu, un classique 9mm automatique. À ses côtés se trouvait une grande mallette de couleur kaki, contenant la toute nouvelle trouvaille du fabricant d'armes anglais, l'*Accuracy International AWM*. Je n'en crus pas mes yeux. D'ailleurs, je dois le reconnaître, ce fusil me fit oublier instantanément ma ravissante ressortissante polonaise. Devant moi, à portée de main, le L115A3 totalement vierge, muni d'un bipied, avec en dotation des munitions exclusivement réservées aux forces de l'OTAN, du calibre 338 Lapua Magnum 8.6x70mm, lui permettant une portée de tir jusqu'à deux mille quatre cents mètres, une vitesse de balle de neuf cent trente-six mètres par seconde. Quel jouet ! C'était Noël avant l'heure ! (Rire). Comment ne pas en oublier Paulina ? Je pense avoir été l'un des premiers à utiliser cette arme en situation réelle. Quel privilège ! Après m'être habillé rapidement et avoir pris en compte cet armement de haute technologie, je décidais de m'allonger un peu pour me reposer.

C'était sans doute le calme avant la tempête. Ce qui se produisit beaucoup plus tôt que ne l'avait prévu notre sniper.

Un sergent vint le réveiller sans ménagement, lui ordonnant de prendre, *fissa,* tout son barda et l'invita à le suivre sans délai. La mission venait d'être avancée, avant même qu'il fut briffé, *a minima* : « *pas de temps à perdre, les détails de l'opération te seront communiqués durant le trajet* » ; plutôt singulière comme situation, mais *J.M.* en avait vu d'autres. Pas de refus possible, cette fois ; puis le contexte était totalement différent de celui de Londres, six ans plus tôt, *J.M.* ayant, *de facto*, accepté la mission, dès lors qu'il mit un pied dans le jet à Dubaï.

Une étincelle d'excitation dans les yeux, *J.M.* continua son récit, comme s'il vivait cette opération pour la première fois.

---Je suivais le sous-officier qui progressait d'un pas rapide et s'engageait directement sur le tarmac, sans passer par un responsable de mission qui, logiquement à ce stade, aurait dû me communiquer un minimum d'informations. Je montais dans un CH-47, le gradé me salua avec une grande marque de respect et de fraternité, recula de quelques pas en baissant le haut du corps sous les turbulences provoquées par la rotation des pales de l'hélicoptère et disparut. À l'intérieur du Chinook, m'attendant à y trouver un groupe de commandos, je fus surpris de n'y constater la présence que d'un seul soldat anglais qui se leva et me salua. Je lui rendis le salut et je posais mon sac à dos sur le sol, sous mes jambes, m'asseyant en face du militaire britannique. Avant le décollage, il me remit un dossier que je consultais immédiatement.

Deux des chefs talibans, *Bakir S.* et *Alaoud M.*, étaient retranchés à Pewar au Pakistan, juste après la frontière de l'Afghanistan. Ils faisaient partie de cette chasse à l'homme, dont ils étaient les seules proies. Le CH-47 atterrit à 23 heures 38 dans une plaine située à proximité de Aryob Zazi, ville localisée dans les montagnes afghanes. Un vieux pick-up, avec deux Afghans à son bord, attendait le duo occidental. Les deux guides les déposèrent dans le petit village de Kotkai Kalai, où un autre véhicule tout terrain les emmena sur la route de Pewar, sur laquelle ils circulèrent pendant une vingtaine de minutes. Lorsque le 4x4 stoppa la progression, les deux accompagnateurs indiquèrent que la frontière avec le Pakistan se trouvait à environ un kilomètre.

---Nous remercions nos guides, qui disparurent à la vitesse de la lumière. Nous commencions notre descente pédestre, laissant la frontière matérialisée sur notre droite à cinq cents mètres en aval. Nous franchissions assez rapidement la limite territoriale, en parfaite violation des lois internationales en vigueur. Mais il était impossible de réaliser autrement une telle mission dans le respect des règles ; le Pakistan n'était pas en guerre, certes, mais ce pays abritait en connaissance de cause des terroristes de grande envergure, qui s'y savaient en sécurité, du moins le pensaient-ils. Les deux cibles se trouvaient à Tari Mangal, un petit village après la frontière, dans la vallée.

---Vous n'étiez que deux, pour réaliser une telle mission ? C'était de la folie, J.M. ?

---Ça peut le sembler à première vue. Mais pas forcément, Blanco, tu m'as déjà toi-même dit que parfois un petit nombre d'intervenants pouvait créer la surprise et inverser le rapport de force, notamment lorsque nous avions évoqué, ensemble, tes missions contre les garimpeiros en forêt amazonienne.

---Ce n'est pas faux, mais tu ne connaissais pas ton coéquipier de circonstance.

J.M. se mit à rire, avant de me répondre, non sans une pointe d'humour.

---Oui, mais l'avantage est que lui ne me connaissait pas non plus. On était deux « fatigués », Blanco. (Rire). Il s'appelait 82 et moi, 17, on ne se savait rien ni de l'un ni de l'autre, uniquement que j'étais le sniper et lui le *spoter*.

Nous fûmes pris d'un fou rire et mettions une bonne dizaine de minutes à reprendre le cours de l'histoire. C'était tellement rare, que la *Mamma* descendit nous voir : « *c'est ainsi que vous travaillez Messieurs ?* ». On reprit un petit café italien et J.M. poursuivit son récit beaucoup plus sérieusement, d'ailleurs, l'expression de son visage ne laissa pas de place au doute.

---Il nous fallut une cinquantaine de minutes pour nous positionner idéalement à portée de tir de l'habitation où étaient localisées les deux cibles. Les drones n'ayant pas l'autorisation de survoler le sol pakistanais, nous étions bel et bien livrés à nous-mêmes, sur un territoire qui pouvait rapidement devenir hostile. J'avais trouvé un petit promontoire, l'endroit parfait pour nous installer au milieu d'arbustes, nous offrant une planque on ne peut plus naturelle pour le secteur, que demander de plus. 82 se positionna près de moi, sortit ses jumelles et se mit en situation de *spoter*. Je m'allongeais sur le ventre, après avoir positionné mon fusil sur le bipied, me permettant une amélioration significative de la stabilité sur deux axes de mouvement. Il ne nous restait plus qu'à attendre le lever du soleil et la prière du matin pour agir. Et surtout, de ne pas s'engourdir les membres dans cette neige qui fondait peu à peu en raison de la saison. Notre position était idéale, le soleil devant se lever dans notre dos. Ce qui se confirma dès l'aube, un avantage considérable, puisque dans l'hypothèse d'une riposte, l'ennemi serait ébloui par les rayons. Je demandais à 82 de contrôler les conditions atmosphériques pour un tir à 1200 mètres : précipitations : 0 ; humidité : 45 % ; vent : 8 km/h ; hauteur impact de balle : 1067 mètres ; hauteur départ de tir : 1211 mètres. Pour les puristes, ma cartouche de 12,96 gr, pour un canon de 700 mm, devait atteindre la vitesse de 1005 m/s, développant une énergie cinétique de 6545 joules.

La mission résidait en l'élimination sans condition, sur le toit-terrasse de la maison, des deux hommes qui viendraient y prier. L'action étant imminente, 82 ne lâcha plus ses jumelles. À 5h51, le *spoter* fit le signe distinctif indiquant que ça bougeait, J.M. inspira profondément et expira lentement pour réguler sa respiration. Il positionna son œil directeur derrière sa lunette de visée, fixa la cible et commença son décompte de cinq secondes avant le tir. Il visa l'objectif le plus en retrait de l'autre, pour ne pas que le sursitaire s'aperçoive de l'exécution de son acolyte de prière, sachant que, comme prévu par l'ordre de mission, ils n'étaient que deux sur le toit. Son index exerça une pression continue sur la gâchette et le coup partit, couvert par le silencieux. La balle se logea dans la poitrine de la première cible et, avant que l'autre ne réagisse, J.M. faisait mouche une seconde fois, sur l'autre taliban, le touchant en pleine tête, du travail très propre à cette distance pour ce sniper aguerri.

---Quel était ton sentiment, à cet instant, *J.M.* ?

---Simplement satisfait d'avoir descendu les deux objectifs en seulement deux tirs ; il aurait été surtout compliqué de ne pas descendre le premier taliban du premier coup, ça aurait été moins grave si j'avais dû m'y prendre à deux reprises pour le second. Et puis, quel plaisir de tirer avec une arme aussi performante, un jeu d'enfant pour moi. Si tu veux savoir pour les deux morts, Blanco, je n'en avais absolument rien à battre, le taf était fait et j'allais être plus que bien payé pour cette opération risquée.

---Comment s'est passée la phase de repli ?

---Nous savions qu'il fallait regagner la frontière au plus vite, avant que les talibans ne s'aperçoivent que leurs chefs avaient été tués. Malheureusement, ce fut l'opposé d'une promenade de santé, puisque, à peine nous avions parcouru trois cents mètres, qu'une alarme du village retentit. Les gardes, qui priaient au bas de l'habitation, venaient de constater la mort de leurs tauliers. Nous étions à découvert dans les deux cents derniers mètres de dénivelé et les tirs de *kalach*, dont je reconnaitrais le bruit entre mille, se firent aussitôt entendre. Nous prenions nos jambes à notre cou, en direction de la frontière. Alors à une centaine de mètres du territoire afghan, je vis 82 ralentir considérablement sa course. Le temps de constater qu'il était touché au ventre, je l'aidais à mettre le pied en Afghanistan. Deux talibans plus rapides que les autres ne se trouvèrent plus qu'à trois cents mètres de nous. Je me repositionnais rapidement, bloquais ma respiration et, deux tirs plus tard, ils ne représentèrent plus aucune menace. Je pris 82 sur mes épaules et poursuivis ainsi ma progression sur environ quatre cents mètres, avant de nous mettre à l'abri dans une sorte de petite grotte. Un hélicoptère pakistanais flirta avec la frontière, s'il avait violé l'espace aérien, il aurait sûrement été abattu par un drone américain. J'activais la balise de détresse de ma montre, pour être extrait de la zone. Nous avions laissé nos moyens radios avant la frontière pakistanaise, mais dans la fuite, nous n'avions pas été en mesure de récupérer nos talkiewalkies. Il ne nous restait plus qu'à attendre l'exfiltration. Plusieurs heures plus tard, j'entendis l'hélicoptère voler dans notre direction, je sortis de notre planque pour signaler notre position exacte. Le chinook CH-47 fit descendre douze commandos anglais qui nous prirent en charge, tandis qu'un second hélico sécurisait la zone, avec deux drones américains. Assis dans l'hélico, je vis le corps sans vie de 82, sous une couverture de couleur marron. Je ne réalisais pas qu'il avait réellement quitté ce monde, j'espérais qu'il se réveille durant le vol.

---Que s'est-il passé ensuite, J.M. ?

---J'ai été ausculté par un médecin militaire à Kaboul qui m'a rapidement rassuré sur mon état physique, mais sérieusement inquiété sur le plan psychique. Il me confirma que 82 avait été traversé par une balle de fusil d'assaut et qu'il n'avait pas pu survivre plus de dix minutes. Ce qui me semblait impossible, dans la mesure où j'eus l'impression de discuter avec lui pendant plusieurs heures dans la grotte, après qu'il ait été touché à l'abdomen. Le toubib fut d'ailleurs surpris que je connaisse la vie de *Robert*, qui m'avait fait part de sa vie privée, de l'existence de sa femme et de ses deux filles, que sa famille habitait dans la proche banlieue de Londres, précisant qu'il était âgé de 29 ans et qu'il appartenait au S.A.S. depuis cinq ans. Alors que ni l'un ni l'autre ne devions en savoir plus que nos numéros 17 et 82 ; c'était la procédure de rigueur en cas de capture par l'ennemi, même si dans ce type de mission non officielle il valait mieux mourir au combat. Le médecin, interloqué, ne put me répondre autre chose que : « *dans cet état, 82 ne pouvait tenir une telle discussion et encore moins pendant des heures* ». En revanche, un Colonel observant la scène me surprit par sa réponse semblant dénuée de bon sens : « *c'est la preuve qu'il y autre chose après la mort ! Reposez-vous, maintenant* ».

Presque deux décennies après, *J.M.* paraissait toujours en quête de réponse, surtout que les dires du défunt étaient confirmés par l'officier supérieur. Comment un mort avait-il pu lui parler ? Observant une longue minute de silence, il reprit la parole avec encore une once d'incertitude dans la voix.

---Après une nuit agitée dans ce coin de hangar, le Sergent, qui m'avait accueilli trois jours auparavant, m'emmena jusqu'au quartier général aux fins de débriefing de l'opération. Par décence nous n'évoquions pas cette fichue mission, le chemin se réalisa dans un silence de mort. Vingt minutes plus tard, nous arrivions à destination. Le Colonel, un officier et le médecin de la veille m'attendaient dans un grand bureau ; j'eus l'impression d'être ausculté une seconde fois. S'ils reconnaissaient, malgré la mort de *Robert*, que la mission d'exécution des deux chefs talibans était un réel succès, ils n'insistèrent pas, trop intrigués par mes déclarations concernant les révélations de l'agent du S.A.S. D'ailleurs, leurs questions ne portèrent que sur le phénomène inexplicable qui se produisit après le décès de 82, logiquement mort moins de dix minutes après l'impact. Ils ont cherché en vain une explication rationnelle, jusqu'à analyser mon urine ; une montée d'urée pouvant provoquer des hallucinations. Mais tout était clair, le laboratoire ayant très rapidement confirmé l'absence d'anomalie. C'est perturbé que je rejoignais la jolie *Paulina* qui me reprocha vivement mon manque de considération. Heureux les innocents… L'ambiance n'étant plus propice aux vacances, je décidais d'écourter ce séjour manqué aux Émirats Arabes Unis. La réception des 150.000 \$, sur un compte à Sint-Maarten dans les Caraïbes, me mit du baume au cœur et me permit de passer plus aisément à autre chose.

À l'évidence, malgré les années, l'interrogation de *J.M.* restait activée. Ce sera sa mission la plus aboutie et sans doute la plus inexpliquée. Ressentant le besoin de prendre l'air, il sortit de la maison avec *Bella*, sa fidèle chienne qui ne le lâchait jamais d'une semelle. Je lui emboîtais le pas et m'aperçus que je n'avais pas mis le nez dehors depuis ces quatre jours. Je le regrettais aussitôt, car il y faisait moins froid qu'à l'intérieur, des rayons de soleil traversant généreusement les nuages.

L'esprit errant encore dans cette montagne pakistano-afghane, *J.M.* m'invita à faire le tour du propriétaire, histoire de se dégourdir les jambes et, surtout, qu'il se vide la tête. Il esquissa un timide sourire, lorsqu'il m'indiqua l'endroit exact du fameux tir à l'arbalète, dont la flèche avait traversé la cuisse de l'Albanais. Idem pour le périmètre où il avait libéré de son piège le jeune loup, Iris. Plus nous progressions dans le versant ensoleillé, plus il présentait des difficultés à respirer. Je fis immédiatement le parallèle avec la blessure par balle dont m'avait fait part la *Mamma*. Nul besoin de le questionner qu'il vint seul sur le sujet.

---Tu vois, Blanco, je ne suis plus apte à repartir en mission. C'est fini pour moi et ils le savent. J'ai pris une bastos dans un pays des Balkans ; un médecin local m'a discrètement retiré la balle de 9 mm du bide. J'ai été touché par un ricoché, j'ai d'ailleurs pu lire l'étonnement dans le regard du flingueur, lorsque je me suis affaissé au sol. Il est clair qu'il visait une autre personne du bar, d'autant que je n'avais pas de problème avec le gang du tireur. La fusillade s'est déroulée en 2017, pendant ma cavale. J'ai été opéré plusieurs fois et j'ai gardé une poche plus d'un an. Ça aussi m'a coûté beaucoup d'argent.

J.M. souleva sa parka militaire et son pull kaki pour me montrer les dégâts. Pas de doute, il était passé tout près de la mort. Après une heure de marche réparatrice, nous rentrions à la *casa*, attirés par l'odeur des *pastas* de la *Mamma*. Un petit verre de vin égaya davantage ce repas à trois, où il fut question de mes livres, pour lesquels la maman de

J.M. me questionna encore et encore ; un intérêt sincère qui me fit plaisir. Puis *J.M.* se mit à sourire et prit la parole, alors qu'il était resté muet tout au long du déjeuner, encore perturbé par son récit précédent.

---Après l'opération en terre pakistanaise, cette année 2002 allait être marquée du sceau de mon incarcération en Italie. À l'époque, j'habitais au petit village de Finale Emilia à quarante-cinq kilomètres au nord de Bologne. Je pianotais sur mon ordinateur, lorsque j'entendis une voiture se stationner devant chez moi et trois portières claquer. Le trio de policiers italiens s'annonça et le plus jeune m'invita à sortir de la maison. Ce que je fis sans sourciller, s'agissant de vrais carabiniers. Ils me demandèrent de les suivre jusqu'à la caserne de Modène, à presque une heure de route, pour soi-disant vérifier la *Golf* que j'avais louée en France, à Saint-Laurent-du-Var ; plutôt surprenant ce motif évoqué. Le plus âgé des trois monta à mes côtés. Mon véhicule VW étant équipé de l'un des premiers systèmes Bluetooth, je contactais « *papy* », Antoine M., à la DCPJ à Paris, qui me répondit aussitôt : « *merde, je n'avais pas vu que tu avais une fiche d'Interpol aux fesses* ». C'était de mauvais augure. J'appelais aussitôt le Lieutenant *Rosario C.*, de la *guardia di finanza*, qui travaillait en étroite collaboration avec les services secrets italiens : « *ne t'inquiète pas, je prends la route et j'arrive au plus vite !* ».

---Quelle était l'attitude du carabinier, *J.M.* ?

---Il avait l'air intrigué et m'a juste demandé, du bout des lèvres, qui j'étais réellement, ce que je faisais comme boulot et pour qui je travaillais. Je lui répondais que moins il en saurait, mieux il se porterait. Il m'informa, en *off*, que je faisais l'objet d'une fiche de recherche d'Interpol, en provenance d'Allemagne. *Rosario C.* arriva très vite sur place et entra fou de rage dans le bureau, s'adressant fougueusement à mon interlocuteur qui n'en menait pas large : « *vous n'avez pas compris mon appel, libérez tout de suite mon contact et effacez le reste, sinon des têtes vont tomber, croyez-moi !* ». Il injuria ce pauvre policier, simple exécutant. Ce carabinier lui répondit administrativement que la procédure était déjà trop engagée pour qu'il puisse faire machine arrière. Ce qui agaça davantage *Rosario C.* qui me jura que je sortirais de taule au bout de dix jours et me déclara de ne pas m'inquiéter. Facile à dire, même si je savais que, pour bons et loyaux services rendus à la Nation, je pouvais raisonnablement garder ma sérénité. Je n'en dirai pas plus, mais le Lieutenant *Rosario C.* et l'Italie me devaient beaucoup. Finalement, je fus incarcéré à la prison de Modène, en attente de mon extradition en Allemagne. Pour l'anecdote, on me mit en cellule avec un Chinois qui avait découpé sa femme, il gardait en permanence sa tête dans les mains. Puis on me transféra dans celle de deux Italiens, un Napolitain, *Giovanni R.*, un escroc très classe, et un *junky* qui, lors de la première nuit, se mit à faire le train. Ne supportant plus de ce bruit infernal, je le mettais K.O. pour ne plus l'entendre, au grand soulagement de l'autre colocataire. Au deuxième jour, l'on me présenta devant le Juge qui, à ma grande surprise, me reçut seul au Palais de Justice à Bologne. Je n'eus pas besoin de me triturer les neurones pour répondre à ses questions, lui-même y répondant à ma place, pour ne citer que la dernière : « *donc, tu ne veux pas être extradé ! Entendu ! Alors, à bientôt !* ». (Sourire).

J.M. ne comprenait pas vraiment cette mascarade et restait très vigilant, même si les acteurs judiciaires semblaient jouer sa partition. Pour preuve, cette attitude invraisemblable du juge bolognais qui gérait les questions-réponses. L'emprisonné se doutait que le Lieutenant *Rosario C.* et ses précieux appuis mettaient tout en œuvre pour lui éviter l'extradition en Allemagne et lui permettre de recouvrer sa liberté. Au cinquième jour d'incarcération, le lieutenant de la financière vint lui répéter de vive voix qu'il serait libre au dixième jour, comme promis, lui conseillant de ne surtout rien entreprendre pour s'échapper, mais uniquement de se contenter d'attendre que le délai légal soit écoulé : « *aujourd'hui, le tribunal n'a pas approuvé la demande d'extradition, le refus définitif tombera au dixième jour* ». Heureusement qu'il lui apporta cette information, car un de ses camarades d'OPEX, *Massimo*, lui rendant visite au sixième jour, lui présenta un plan d'évasion ; soit directement de la prison ; soit, lors du transfert en Allemagne. *J.M.* savait compter sur son fidèle frère d'armes, qui aurait donné sa vie pour son ami, et inversement. *J.M.* lui demanda de surseoir au projet, si tout se passait comme évoqué par *Rosario C.* Accompagné de la femme de *J.M.*, *Massimo* récupéra la *Golf* de location stationnée près de la caserne et s'en servit, le temps de la détention et du repérage, au cas où le plan de remise en liberté ne fonctionnait pas.

Un large sourire se dessina sur le visage de J.M., qui précisa.

---Inutile de te dire, Blanco, que ça n'arrangeait pas mes affaires avec Madame. (Rire).

Au dixième jour de prison, à 7 heures, J.M. appela le maton pour l'informer qu'il devait prendre sa douche, avant d'être libéré. Le gardien lui ricana au nez : « *petit con, tu t'es pris pour qui, dans à peine trois mois tu seras au frais, en Allemagne* ». Cependant ce même surveillant revint trente minutes plus tard, ayant perdu de son teint hâlé et de son assurance, pour lui annoncer sa sortie imminente. J.M. ne put s'empêcher de le charrier à son tour : « *alors, c'est qui le con, maintenant ? On dirait que tu fais moins le mariole, l'ami !* ». Après les formalités administratives d'usage, il devenait libre comme l'air, attendu par le lieutenant *Rosario C.*, qui ordonna aussitôt au chauffeur de prendre la direction de Bologne.

---Devant le Palais de Justice, le Lieutenant me remit une boîte contenant des pâtisseries, pour que je la remette au Juge. Surprenant, mais il me précisa que le Magistrat comprendrait qu'il aurait aussi sa part du gâteau pour service rendu. L'entretien fut des plus brefs, mais très courtois et ponctué d'une franche poignée de main.

---Il a fallu que tu rendes de sérieux services à l'Italie et à la financière pour profiter d'un tel régime de faveur, J.M. ?

---Pour sûr, Blanco. *No comment*, ça pourrait m'attirer des ennuis, il y encore de nombreux protagonistes hautement placés sur l'échiquier italien.

---Je respecte ton silence, toi seul sais ce que tu peux dire ou taire. Qu'as-tu fait, ensuite, entre ta sortie de prison et ton affaire de passeports volés en 2004 dans sud de la France ?

---Je suis venu me reposer six mois, avec la jolie *Paulina*, dans ma propriété au nord de Cuneo. Elle avait oublié le mauvais passage en terre dubaïote. (Rire). Puis, un ami lituanien, *Egidijus A.*, un ex-militaire de l'Est que j'avais rencontré à Ferrara en Italie en 1999, m'a permis d'acheter une villa à Mandelieu pour un montant d'un million d'euros et un restaurant à Monaco, *Le Baltik*, au Métropole, pour la somme d'un million et demi d'euros. L'argent venant de Lettonie à Nice, via Londres, fut débloqué du système tracfin en une quinzaine de jours. Outre les investissements et un salaire mensuel fixe de gérant, de l'ordre de 3.000 €, je bénéficiais d'un intéressement sur le chiffre d'affaires. C'était une grande première pour moi, à l'âge de trente-sept ans, de bénéficier d'un statut similaire au commun des mortels. C'était une impression plutôt étrange, mais ça m'apaisa quelque peu, du moins pour un temps…

---Tu ne revis jamais *Massimo*, ton frère d'armes ?

---Décidément, tu ne te reposes jamais, Blanco ? T'es un affamé. Je plains tes anciens clients. (Rire). On prend un bol de soupe et on se remet au boulot.

Il avait raison le bougre, je n'ai jamais su lever le pied, lorsque je m'engageais dans une affaire. On ne se refait pas, même à 57 ans. J'entendis tout de même sa remarque. Finalement, il fut plutôt surpris que je lui demande de remettre la suite du récit au lendemain.

Ce petit break me permettait aussi de faire un point de situation, seul, au coin du feu de cheminée que j'alimentais pendant deux bonnes heures. Puis le retour sur cette incroyable mission au Pakistan me maintenait éveillé. Quoi qu'on en dise, en bien ou en mal, l'exceptionnelle performance du duo avait atteint des sommets, même si 82 y laissa la vie. Ça n'engage que moi, mais cette opération arrive largement en haut du podium.

Ce soir-là, ainsi qu'une partie de la nuit, mes neurones me jouèrent des tours. Que penser du rôle officieux joué par les Occidentaux dans cette région du monde ? Quelles étaient réellement les raisons de cette guerre qui officiellement serait liée à l'insurrection islamiste au Pakistan et donc à la question de la lutte contre les régions tribales de ce pays ? Le sujet majeur en Afghanistan ne serait-il pas devenu une rivalité sino-américaine, après qu'Américains et Russes y aient vécu l'une des dernières crises de l'officielle guerre froide ?

Force était une nouvelle fois de constater qu'il y a ce que l'on veut bien nous faire entendre et ce qu'il se passe véritablement sur l'échiquier international.

8- Mission Iran 2004 : garde blanche du Vatican.

Malgré une petite nuit de sommeil, cette journée du 30 décembre 2021 s'annonçait sous les meilleurs auspices grâce au tonifiant café italien de la *Mamma* et au délicieux Panettone. *J.M.* nous rejoignait assez rapidement, ce qui fit s'esquiver sa discrète et très classe maman.

---Nous en étions à ton camarade *Massimo*, *J.M.* !

---Tu ne te reposes jamais le cerveau, Blanco. (Sourire). Lui et moi avons effectué pas mal de missions ensemble. Je suis persuadé qu'il confirmera certaines de nos opérations, notamment celle du Vatican dont je vais te parler.

Toujours via l'enveloppe jaune, *J.M.* fut convié au Vatican en février 2004. Certains membres de l'Opus Dei, *l'Œuvre de Dieu*, étaient en mission à travers le monde, parfois sécurisés par des officiers du S.M.O.M., *Ordre Souverain Militaire de Malte*, lorsque les conditions l'exigeaient. Cette institution de l'Église catholique romaine fondée en 1928 faisait l'objet de nombreuses controverses concernant son aspect secret et son influence politique, ainsi que l'étendue réelle de ses moyens financiers. Dès son arrivée au Saint-Siège, le visiteur était conduit dans la salle de réception par un garde suisse, via la traversée d'immenses pièces ornées de fresques et autres objets d'inestimables valeurs. Ils stoppèrent leur progression devant une écrasante porte en bois aux poignées en or en forme de croix. L'accompagnateur l'invita à entrer dans cette gigantesque salle, avant de se volatiliser dans un silence de cathédrale. Un homme d'une cinquantaine d'années à la longue barbe blanche, porteur d'une tunique noire, lui sourit et le pria de s'assoir. Il se présenta comme *Pierre VII Papapetrou d'Alexandrie d'Égypte*, Patriarche orthodoxe. Après un bref laïus sur la paix dans le monde à travers la religion, sentiment qu'il peinait à faire croire, vu le ton employé et le regard fuyant, il tendit une enveloppe jaune au passager, qui la glissa dans sa poche intérieure de blouson. Le religieux lui serra la main en guise de « *vous pouvez disposer et mener à bien votre mission, à la grâce de Dieu* ». La porte s'ouvrit, le garde suisse l'attendait pour lui ouvrir la voie. Sans lui, il se serait perdu dans l'immensité de ces richesses. Sur la place du Vatican, *J.M.* respira profondément un air qu'il estima plus sain que celui du Palais trop chargé en particules dorées. Il traversa l'esplanade en donnant des coups de casques à 360°, mais n'observa rien d'anormal. Un chauffeur le conduisit à l'hôtel Hilton Cavalieri, un cinq étoiles où il avait posé ses valises en attendant les ordres. Sa chambre se trouvait au cinquième étage, il monta au neuvième sur le toit-terrasse faisant office de restaurant-bar, *La Pergola*. Il avait l'habitude de s'y rendre, lorsqu'il voyageait à Rome, au point d'en connaître personnellement le chef, *Heinz Beck*, qui prêchait ici depuis l'ouverture en octobre 1994. Le maître d'hôtel l'installa à une table offrant une vue imprenable sur la splendeur de la capitale italienne. Il lui commanda un kir royal et lui demanda de s'isoler au salon quelques instants. Installé confortablement dans un fauteuil en coin de pièce, il ouvrit l'enveloppe jaune remise par le patriarche d'Alexandrie. Le message était des plus succincts.

J.M. devait se rendre le soir même à l'aéroport de Fiumicino pour y prendre un vol à destination de Téhéran, en Iran. Il atterrit une douzaine d'heures plus tard à l'aéroport international de Mehrabad. À la sortie de l'enceinte aéroportuaire, un homme l'attendait, une discrète pancarte à la main, et le prit en charge dans une vieille Peugeot 204, traversant les villes iraniennes de Qazvin, puis de Zanjān. Huit autres camarades l'attendaient, il en connaissait la moitié, dont son fidèle frère d'armes, *Massimo*, ravi de le retrouver. *J.A.* et *P.* lui remirent ses effets militaires, un Beretta 92s et la mallette contenant son fameux fusil L115A3.

---J'avoue que reprendre du service à 38 ans me procurait une agréable montée d'adrénaline. Même si cette mission ne représentait pas de réel danger, elle était bien payée, environ 150.000 € par tête. Nous montions dans deux pick-up *Chevrolet Silverado*, après avoir enfilé nos treillis, vestes, casquettes et foulards Shemagh. Mon guide disparaissait à bord de sa Peugeot 204 pourrie et nous débutions notre mission qui consistait à se rendre dans la ville de Tabriz, au nord-est de notre position, d'y récupérer un « colis », de l'escorter jusqu'à la ville de Batoumi, en Géorgie, via l'Arménie. Rien de bien compliqué, excepté qu'on n'avait aucune information quant à l'objet à sécuriser et à transporter. Étant donné le coût de l'opération, il devait sans doute s'agir de quelque chose d'ultra-sensible.

Arrivée sans encombre à Tabriz, au point GPS désigné sur la carte remise par le chauffeur de la Peugeot 204, l'escouade vit un M998 Humvee US s'arrêter à environ vingt-cinq mètres de leurs véhicules. Deux soldats en descendirent rapidement et sortirent de l'arrière de leur engin une caisse en bois qui sembla faire son poids, puis la déposèrent à même le sol. Ils disparurent sans décrocher un seul mot. Le pick-up blanc, qui les accompagnait, resta sur place. Quatre hommes, que J.M. pensait être des soldats, en descendirent et chargèrent le colis dans le coffre de leur 4x4.

---Qu'ont-ils dit, J.M. ?

---Doucement Blanco, j'y viens. Trois d'entre eux ne pouvaient pas parler, je vais t'en expliquer la raison.

Intrigué par ce silence anormal, J.M. demanda à P. de monter dans le pick-up des escortés et pria l'un des quatre gars, celui de type africain, de grimper avec lui dans son véhicule pour tenter d'en savoir un peu plus sur l'objet de la mission. Il s'asseyait à l'arrière du 4x4, ne prononçant un seul mot. Après un quart d'heure de mutisme pesant, J.M. lui posa les premières questions.

---Il ne me répondait que par des écrits sur un petit calepin, qu'il brandissait pour chaque réponse. Lui demandant s'il était muet, il ouvrit la bouche pour me montrer sa langue sectionnée.

---Il t'en a donné les raisons, J.M. ?

---Non, je pense que ça devait l'aider à respecter son vœu de silence. Il ne m'a rien dit à ce sujet. (Rire). Plus sérieusement, il m'informa qu'il était prêtre et que deux autres de ses frères avaient aussi leur organe du goût coupé. Le quatrième, accompagnant le trio de religieux, était un soldat du S.M.O.M. qui les sécurisait et les aidait à communiquer.

La route devenait plus sinueuse et étroite dans ce décor aride et montagneux, dont la vue sur les vallées était époustouflante. Après quelques heures de route, ils parvinrent au seul passage frontière entre l'Iran et l'Arménie, à Norduz, un coin totalement perdu, tenu par quatre soldats faisant office de douaniers.

---Nous étions armés, mais nos véhicules portaient des plaques diplomatiques, nos documents de voyage étaient également marqués du sceau de la diplomatie ; le Vatican n'avait pas lésiné sur les moyens. En zone de contrôle, un soldat iranien vint nous demander les papiers. La première voiture détenait les documents de voyage. Par mesure de sécurité, je gardais mon 9mm sous la cuisse droite, l'index le long du pontet, au cas où. Surprenant mon geste, le prêtre m'inscrit rapidement une phrase sur son calepin : « *restez calme, tout est déjà payé* ». Il avait raison, nous passions sans encombre ce premier poste iranien et le second, celui des Arméniens. Comme quoi tout s'achète, et pas que dans ces pays... Il nous restait presque huit cents kilomètres à parcourir pour atteindre la ville géorgienne de Batoumi, au bord de la mer Noire. J'en profitais pour échanger avec le prêtre. Il faisait partie de l'Opus Dei du Vatican. Il s'était coupé la langue par choix. Bref, j'eus l'impression qu'il s'agissait plus d'un voyage organisé que d'une opération militaire d'exfiltration. Pourtant, notre mission fut généreusement réglée sur un compte offshore à Sint-Maarten. Lorsque nous arrivions à destination, au port de Poti, je posais une dernière question au prêtre black : « *que transportions-nous ?* ». Il m'écrivit un petit mot qu'il me remit discrètement en me serrant la main.

Les quatre escortés embarquèrent à bord d'un cargo, le *Southern Breeze*, emmenant avec eux la fameuse caisse en bois. J.M. et ses camardes appliquèrent à la lettre les consignes de leur fin de mission : laisser les véhicules, ainsi que le matériel, au port ; rejoindre Batoumi et regagner individuellement leur lieu de départ. Au bar d'un hôtel de cette ville géorgienne, J.M. s'isola pour prendre lecture du petit mot du prêtre, il en perdit son latin : « *dans cette caisse, il y a l'une des preuves que Dieu n'existe pas* ».

---Le ciel m'en tomba sur la tête. J'étais à mille lieues de m'imaginer un tel message, Blanco, même si, lors de la remise de l'écrit, le visage du prêtre afficha une grimace sans équivoque en guise de : « *je suis sincèrement désolé* ». Que ce religieux me fasse une révélation aussi importante, me surchargeait d'un poids que je n'aurais pas voulu porter, sachant que je ne pouvais communiquer sur cette mission singulière. D'ailleurs, j'évoque le sujet pour la première fois, aujourd'hui. Je venais de comprendre ce que faisait le Vatican, dans toutes ces contrées en guerre ou au risque de l'être, afin que ces preuves probantes ne viennent à être découvertes et heurter les fidèles, par crainte de faire sortirent les agneaux du droit chemin. Il déplaçait ainsi, dans un lieu plus sûr, ces éléments de langage à charge, prouvant l'escroquerie sans nom de l'Église.

Quelque temps plus tard, le souvenir de cette opération frappa à sa porte, alors qu'il se pavanait à l'hôtel du *Vista Palace* sur la haute corniche dominant Monte-Carlo, *J.M.* lut l'invraisemblable dans un journal : « *mort de Pierre VII Papapetrou d'Alexandrie d'Égypte dans un tragique accident d'hélicoptère en mer Égée, proche du mont Athos en Grèce, le 11 septembre 2004* ». C'était bien ce patriarche grec orthodoxe, à l'initiative de cette mission spéciale, qui était à bord de cet hélicoptère chinook avec seize autres personnes, dont son frère et cinq militaires formant l'équipage. Sans doute détenait-il trop de secrets…

---Je ne parle jamais sans preuve, Blanco, mais tu te doutes bien que la coïncidence est frappante. Que faisait ce patriarche encore escorté par des militaires ? Avait-il l'intention de dévoiler ce lourd secret ? Je ne crois pas trop au hasard, comme je ne crois pas en Dieu. La religion est la pire escroquerie que l'homme ait créée, elle tue depuis plusieurs siècles, tout simplement et en toute impunité. Je crois en cette décennie de la vérité ; même si elle n'est pas toujours bonne à dire.

Les jours qui suivirent sa mort, j'eus l'impression d'être épié, ce qui fut également le sentiment de certains de mes camarades, mais rien ne se passa. Ensuite, je reprenais momentanément mon job au restaurant *Le Baltik*, dont la gestion n'était pas facilitée par un mode de fonctionnement totalement opposé entre ma collaboratrice monégasque et moi-même. Je pris un peu de recul pour vaquer à mes occupations « policières ». Jusqu'à ce que je « tombe » dans les mailles de ton filet en 2006 (rires partagés) et que je parte en cavale de 2008 à cette année 2021.

Rien que d'évoquer le mot cavale lui provoqua de l'urticaire et une coulée de sueur malgré le froid ambiant. *J.M.* en avait gros sur le cœur et en voulait terriblement au gendarme *D.* et à la juge *B.* Je vis ses mâchoires se resserrer, jusqu'à l'entendre grincer des dents.

Midi sonna déjà, nous profitions de cette pause méridienne pour recharger les batteries. Sa maman m'interrogea une nouvelle fois sur mon dernier polar publié, « *Blanco 3 : inconsolables petits anges* », qui visiblement l'avait contrariée. À l'instar de son fils, elle n'y alla pas par quatre chemins : « *il faudrait tous les tuer, ces salopards ! Comment peut-on se comporter ainsi envers de pauvres enfants innocents ? Quelles vermines ! Je suis hors de moi, Blanco* ».

Ce qui fit sourire son fils : « *tu vois, Blanco, les chiens ne font pas des chats !* ».

---Oui, c'est clair, J.M. et elle n'a pas tout à fait tort, mais ce n'est pas aussi simple que cela, sinon je n'aurais pas écrit ce polar pour réveiller les consciences.

Bref, on clôtura le chapitre sur une bonne rigolade, une fois n'est pas coutume.

9- La der des ders.

Au cours de sa cavale, *J.M.* fut destinataire d'une nouvelle enveloppe jaune. Au début de cette année 2016, Sa Majesté, la Reine d'Angleterre, donna l'ordre à ses services secrets de traquer, d'arrêter ou d'éliminer plus de deux cents terroristes à travers le monde. Pour mener à bien leur mission, les acteurs avaient tout loisir de faire appel à des forces étrangères ; c'est ainsi que *J.M.* reçu cette sollicitation. Ces djihadistes ciblés s'abritaient pour la plupart en Syrie, au Pakistan et en Irak.

---Comme indiqué dans le message de l'enveloppe jaune, j'arrivais à Bassorah, en Irak, pour y rencontrer, à l'hôtel Basra International, un ex-agent du S.A.S., appartenant à l'intelligence britannique du MI6. Je l'avais d'ailleurs rencontré en septembre 2007, lors du siège mené contre les bases britanniques, par l'Armée du Mahdi, une milice islamiste chiite irakienne, dans l'un des faubourgs à proximité de l'aéroport de Bagdad. Force était de constater, dix ans plus tard, que les projections des activités nocives de cette organisation, réalisées cette même année, relatives à la montée des attentats djihadistes dans le monde, étaient malheureusement confirmées. Ces prévisions étaient si précises qu'elles identifiaient clairement bon nombre de terroristes qui allaient faire tristement parler la poudre ; ce qu'avaient négligé les dirigeants mondiaux, laissant ainsi la porte ouverte à ce qui nous gangrène aujourd'hui. J'avoue que la pilule est difficile à avaler, Blanco ; le manque de courage de nos gouvernements nous conduit à notre perte.

Il marqua un perceptible temps d'arrêt, totalement plongé dans ses pensées, le visage marqué d'une once d'agacement. Puis il reprit sa narration, après une brève expiration.

---Un véhicule nous prit en charge au pied de l'hôtel et le chauffeur nous conduisit dans une zone où nous attendait un hélicoptère. Ensuite nous partions pour un long périple. Dans un premier temps, l'hélico nous déposa sur le tarmac à Nasiriya, d'où nous décollions à bord d'un jet qui nous posa sur une piste démunie d'éclairage, près de Mossoul. Là, deux militaires montèrent dans l'avion pour nous remettre un sac contenant nos équipements ad hoc, suivi d'un troisième homme en civil qui, s'asseyant devant moi, me remit mon étui contenant mon fusil. Puis, après qu'ils soient descendus de l'aéronef, nous décollions sans que ni *Roger* ni moi ne connaissions notre mission. Ce que nous n'allions pas tarder à savoir, car le copilote vint nous rejoindre pour nous remettre un dossier à chacun.

L'objectif était localisé à Amedi, une ville de la province de Dahuk au Kurdistan irakien, à la frontière de la Turquie. Sur le plan, *J.M.* constata l'absence de piste d'atterrissage officielle, il ne fut qu'à moitié surpris par la pose de l'engin. En zone d'approche, le pilote arrêta les turbines, plana quelque temps, amorçant une lente descente et remit les gaz pour l'atterrissage, avant de couper rapidement les moteurs.

---Je ne suis pas de nature à trembler, mais je dois dire que cette drôle de sensation fut multipliée, lorsqu'en descendant de l'appareil, je constatais que le tarmac n'était autre qu'une route de montagne suffisamment large et longue pour atterrir et redécoller, mais où tout écart de pilotage eût été fatal. Chapeau bas aux pilotes qui étaient des militaires chevronnés, lesquels avaient parfaitement appréhendé cet atterrissage pour le moins risqué, en faisant preuve d'un sang-froid remarquable. D'ailleurs, leur comportement de marbre ne laissait présager d'un quelconque risque de crash.

Un gros 4x4 *Hummer* kaki les attendait au bout de cette pseudo piste, le chauffeur les conduisit vers la planque de l'objectif. Au bout d'un quart d'heure de route, les deux acolytes purent déjà apercevoir la petite ville d'Amedi, dont les lumières éclairaient l'énorme rempart niché sur les hauteurs, qui protégeait ses habitants. La pleine lune inondait de clarté le contrebas de cette ancienne forteresse. Ne pouvant rouler plus loin par mesure de sécurité, le conducteur stoppa la progression et leur remit un téléphone satellitaire : « *votre mission va vous être communiquée via cet appareil. Maintenant il vous suffit d'attendre les instructions* ».

---Nous patientions environ quarante-cinq minutes, avant que notre interlocuteur daigne nous appeler. En attendant, nous réajustions nos tenues de combat et revérifions notre armement, impatients de connaître le contenu de l'opération. À notre grand désarroi, l'appel fut bref et inattendu : « *mission annulée ! Je répète ! mission annulée !* ». C'était la première fois que ça se produisait, plutôt frustrant comme sentiment, même si le ou les commanditaires allaient passer à la caisse. Maigre consolation, mais satisfaction tout de même, en raison du montant de la prestation non négligeable. Je me rendais compte, qu'outre l'argent, l'adrénaline tenait une place prépondérante dans l'acceptation des opérations extérieures qui m'étaient proposées.

Le chauffeur fit demi-tour, récupéra les effets des deux coéquipiers de circonstance qui firent le chemin inverse pour regagner Bassorah, via les mêmes moyens de transport qu'à l'aller.

---Tu connais les raisons de cette annulation d'opération, J.M. ?

---Va savoir, Blanco. À l'époque, beaucoup de grandes puissances étaient aux abois face à la montée du terrorisme aux quatre coins de la planète. Pourtant, comme évoqué supra, ce n'était pas faute d'avoir été prévenues plus d'une décennie avant. On divulguait tout et n'importe quoi. Un exemple, en 2017 fut annoncé la mort de *Sally Jones*, alias *La Veuve Blanche*, une recruteuse d'épouses anglaises pour le groupe terroriste de l'État Islamique. La djihadiste britannique, l'une des premières personnes figurant sur la fameuse liste des deux cents cibles à éliminer, aurait été soi-disant tuée dans un raid en Syrie.

---Eh bien, J.M., dis-m'en un peu plus ?

---Plutôt difficile à croire, puisque quelque mois auparavant, lors d'une opération extérieure à laquelle j'étais convié, nous avions procédé à son extraction, embarquant par la même occasion son fils, alors âgé de douze ans, et nous les avions remis en vie aux mains des militaires américains, les plus proches de notre zone d'intervention en Syrie.

---Peux-tu être plus explicite sur cette mission, *J.M.* ?

---Non, pas pour l'instant, c'est encore trop frais, Blanco, je t'en parlerai le moment venu. Ce qui me dérange aussi est le fait que la presse parle parfois d'assassinats ciblés. Je ne suis pas d'accord avec ce terme, lutter contre le terrorisme est notre devoir, c'est assurer la sécurité de nos concitoyens. Cette lutte doit être la priorité absolue, avant qu'il ne soit trop tard, car ces illuminés ne feront aucun quartier. Au terme de cette sombre année 2016, il avait été comptabilisé plus de 4 232 morts en 192 attentats djihadistes ! Et je pense malheureusement que ces bilans sont bien en deçà de la réalité.

---Qu'as-tu fait ensuite, *J.M.* ?

---J'ai pris l'option de passer ma convalescence à Budva, au Monténégro, car je venais de subir plusieurs opérations chirurgicales à la suite de ma blessure par balle. Pensant toujours être fiché Interpol, je me savais être en sécurité là-bas, du fait qu'il n'y a pas d'extradition dans ce pays. D'ailleurs, j'y retrouvais de nombreux amis serbes, autres que ceux de 1993 à Sarajevo. Eux, je les avais rencontrés en 1999, lors de la guerre au Kosovo, ça c'est encore une autre histoire. Bref, même si mes ressources financières s'étaient considérablement réduites depuis mon début de cavale en 2008, il me restait encore de quoi subvenir à mes besoins pendant une bonne année, sans compter que je restais à l'affût d'OPEX. Je descendais à l'hôtel Splendide à Budva-

Becici, un superbe établissement moderne et luxueux, doté d'une magnifique et immense entrée, ainsi que d'une vue mer imprenable. Un chasseur de l'hôtel m'accompagna au troisième étage où je pris possession de la chambre 301. Je me reposais un peu, avant que le téléphone de chevet me réveillât. La réception m'avisa qu'un visiteur m'attendait au salon. C'était *A. V. B.* en personne, soi-disant en vacances, comme par hasard dans le même hôtel et au même moment que moi. Effectivement, le patron du F.S.B. russe avait pris ses quartiers à l'hôtel *Splendid*, quatre de ses gardes du corps assurant sa tranquillité ; il y en avait sûrement quatre autres, noyés dans la masse. Notre rencontre fut une nouvelle fois très cordiale. Alors que nous prenions un thé et un Cognac, il actionna, sous la table, son appareil photo de téléphone et me montra le cliché. Il y avait un microphone placé sous le plateau, sans doute du fait qu'une grande personnalité politique y résidait depuis longtemps. Il écrivit sur son téléphone qu'il m'invitait à 21 heures au restaurant *Dukley Garden*, à deux pas du *Splendid*, précisant que cet endroit était officieusement connu pour être le théâtre de nombreuses transactions commerciales entre Russes, Américains et Serbes. J'acceptais l'invitation d'un bref coup de tête et je regagnais mes appartements.

Avant de se rendre au lieu de rendez-vous, l'invité fit son habituel petit tour de reconnaissance terrain, histoire de… ; il ne fallait pas perdre les bons réflexes. Même s'il n'avait aucune raison de se méfier du patron du FSB qui lui avait proposé la nationalité russe, alors qu'il commençait sa cavale : « *tu veux*

devenir citoyen russe ? Tu seras bien avec nous ».
Proposition que *J.M.* déclina : « *je me refusais d'appartenir définitivement à un quelconque pays. Je tenais à ma relative liberté d'action. Je pense que c'est ce qui m'a permis de rester en vie* ». Le taulier du FSB avait mis en place ses dispositifs de surveillance et de protection, fidèle à ses habitudes, lui aussi.

---Il sourit, lorsqu'il me vit arriver face à lui.

---Toujours aussi prudent et à l'heure ! Tes vacances se passent bien ? Je te repose la même question qu'il y a dix. Veux-tu devenir citoyen russe ?

---Je ne le savais pas à cette époque, mais lui, devait savoir que mes deux fiches de recherche d'Interpol n'étaient plus actives.

---On peut parler, *J.M.*, il n'y a pas de micros ici, à part les miens. (Rires partagés).

Ils abordèrent divers sujets sans se dévoiler outre mesure, principe plutôt commun dans ce milieu. Le Russe aborda le sujet de la D.E.A., qu'esquiva immédiatement son interlocuteur, avant d'évoquer d'étonnants thèmes pour l'époque, notamment celui d'un certain laboratoire à Wuhan en Chine et le rôle de la France dans l'étude d'un potentiel virus…

---Le repas se poursuivit tranquillement, chacun gardant sa couverture avec une grande habileté. Avant de partir, il me remit un téléphone BlackBerry et une enveloppe blanche que j'ouvris devant lui. Elle contenait un billet d'avion pour le Panama et une enveloppe jaune. Il sourit à nouveau, comme si ce message revêtait une grande importance pour lui.

Dans cette enveloppe jaune, J.M. put lire ce message : « *Repose-toi…STOP.* »

---Je restais planté dans mon siège. Tu te doutes que ce message a généré bien des interrogations et bon nombre d'hypothétiques réponses. Pour qui avais-je travaillé toutes ces années ? Au moins assurément pour les Russes ! Mais forcément *a minima* avec la complicité des Occidentaux, même en pleine guerre froide ! Une redoutable organisation mondiale secrète existait-elle réellement, tel *Spectre* qui sollicita l'agent 007 ? J'en doutais de moins en moins, ce dernier message m'en communiqua presque la preuve.

Il se faisait tard, J.M. mit quelques bûches dans la cheminée, avant de disparaître dans sa chambre, après un timide salut militaire. La lueur des flammes me permit de lire, sur son visage, toutes les incertitudes qui l'habitaient.

J'appelais Betty qui me fit part de son inquiétude : « *mais que se passe-t-il, tu ne m'as pas appelée depuis deux jours ?* ».

Je m'en excusais, trop accaparé par tant de zones d'ombre. Je fis un dernier tri dans le récit de cet avant-dernier jour, avant de trouver difficilement le sommeil.

Épilogue.

Le petit matin glacial me rappela les dernières paroles d'un SDF dans le Nord, au milieu des années 90 : « *le plus dur, c'est le froid du petit matin. Même si dans l'échelle de la douleur, il se place de très loin derrière la glaçante froideur des gens… ».*

À y repenser, c'est l'une des phrases qui m'a sans doute le plus marqué dans ma carrière de flic. Ce sont souvent des anonymes, invisibles, qualifiés par beaucoup de gens *normaux*, de marginaux, qui nous donnent les plus intenses leçons de vie. Malheureusement, on ne les voit pas, on ne les entend pas ; au mieux on les dénigre. Dommage, ils auraient tant à nous apporter, ne serait-ce qu'un petit supplément d'âme.

En ce matin du 31 décembre 2021, je restais plus d'une heure, transi de froid, immobile sous une double épaisseur de couverture. Finalement, J.M. ne se sentait-il pas dans la même situation que ce malheureux exclu que plus personne n'écoutait, pourtant au moment où il en avait le plus à dire ?

Quel était l'intérêt pour cet indigent, à l'article de la mort, de me transmettre un tel héritage ? Savait-il que je ferais bon usage de son témoignage ? Avant qu'il parte, je pus distinguer la lueur qui illumina son regard, la chaleur soudaine qui l'enveloppa pour accompagner son dernier voyage pour rejoindre son ultime refuge, avec le sentiment d'avoir transmis quelque chose à quelqu'un et la satisfaction d'avoir servi l'humanité.

Je n'ai jamais su l'homme qu'il avait été, ce qu'il avait fait de bien ou de mal. Totalement isolé, personne ne pouvait témoigner de son passage. Mais à quoi bon savoir qui il était vraiment ? Comme le commun des mortels, il devait porter son fardeau d'erreurs. L'essentiel était qu'il ne soit pas passé sur terre sans se rendre utile à la survie des autres, sans laisser une part de son ADN. En ce dernier message qu'il m'adressa, il avait sans doute accompli sa plus importante mission, sa plus belle preuve de bonté. J'en veux pour preuve que je l'évoque pour la première fois aujourd'hui dans le témoignage de J.M., anonyme lui aussi pour la circonstance.

Je ne pus m'empêcher de faire le parallèle avec le controversé J.M. à l'article de l'abandon, très diminué physiquement et psychologiquement, non loin de flirter avec la mort cérébrale. Il avait tant à dire, d'expériences à partager, peu importe les bons ou mauvais jugements, libre à chacun de se faire son opinion. La question restait la raison pour laquelle il voulait que je transmette son savoir. Il connaissait d'autres flics reconvertis en écrivain, il avait rencontré d'autres plumes, même des acteurs et réalisateurs. Et pourtant c'est à moi, qui l'avais traqué un temps, qu'il confiait la lourde responsabilité de retranscrire son récit.

Répondant à cette même question que je lui posais dès le premier jour, il me déclarait sans aucune hésitation : « *toi, je suis certain que tu ne me jugeras pas ni ne me trahiras, même si je sais aussi que tu exprimeras ton sentiment et que tu l'assumeras, comme tu l'as toujours fait au cours de ta carrière et que tu*

continues à le faire encore à travers tes écrits et tes projets.
Et ça, c'est essentiel pour moi, Blanco. J'ai besoin que tu
me dises qui je suis et le pourquoi de mon vécu, car venant
de toi, je le prendrai avec considération ».

Eh bien cher lecteur, moi qui en général aime à plaisanter en rapportant que dans mon Nord natal la pression on la boit, je dois avouer, cette fois, que je la subissais tout autant que les gens normalement constitués. *J.M.* me confiait l'exclusivité des secrets bouleversants de sa vie, du moins de les retranscrire, et prenait le risque de transmettre son sentiment à travers mon humble analyse.

Vous parlez d'un cadeau ! Sans doute qu'il m'adressait en ce passage de témoin une indéfectible marque de confiance. Pour cela, j'en fus très honoré et obligé. Mais il s'agissait d'un véritable jeu d'équilibriste, d'abord pour s'attacher à remettre de l'ordre dans ses souvenirs ; ensuite pour découvrir ce qu'il souhaitait réellement exprimer à travers son témoignage. C'était bien là que résidait la difficulté pour ne pas émailler ses propos.

Mes lecteurs savent que la priorité fondamentale de mes écrits s'inscrit dans la diffusion de messages qui me tiennent à cœur et que j'estime, humblement, pouvoir représenter un intérêt certain pour les générations à venir ; sinon ça n'aurait aucun sens. Cependant, lors de l'élaboration de cet ouvrage, je dois reconnaître que, nonobstant la narration d'évènements hors du commun qui, forcément, attisera la curiosité des uns et des autres, je ne trouvais pas le fil conducteur qui correspondait à mes appétences, et ce, je dois vous l'avouer, juste avant la rédaction de cet épilogue. Il était temps, car quatre à cinq pages plus haut, je me posais encore la question de faire publier, ou pas, cette confession, puisqu'encore en manque de sens d'utilité publique.

Même si cette même interrogation me taraudait l'esprit, de quel droit pouvais-je me poser cette question, il ne s'agissait pas de mon histoire, mais de celle d'un homme qui souhaitait faire savoir la sienne à travers ma retranscription ?

Peut-être, sûrement même, que notre différence de personnalité m'entrava sensiblement les neurones. Puis, qu'en général, avant de commencer la rédaction d'un ouvrage, j'en possède déjà la trame, j'en détiens les codes. Ma compagne, Betty, sans laquelle aucun livre ne sort, s'en était assez rapidement rendu compte : « *c'est bizarre, tu ne t'exprimes pas sur ce que tu es en train d'écrire. Ton comportement est totalement différent que lorsque tu écris habituellement* ». Ces propos étaient d'ailleurs repris par mon ami auteur-réalisateur-producteur, *Philippe Azoulay* : « *je ne vois pas l'étincelle qui t'anime lorsque tu planches sur tes polars ou d'autres travaux* ». Idem, pour mon fils, Adam, qui lut le prologue et le début du premier chapitre : « *je ne comprends pas pourquoi tu n'es pas satisfait, Padré, c'est très prenant, le début donne envie de connaître la suite* ». Ils avaient tous les trois quasi la même analyse et je leur répondais pratiquement la même chose : « *je suis persuadé que je dois écrire ce témoignage, mais je n'en ai pas encore trouvé la ou les raisons. J'attends ce fameux déclic qui tarde à venir. Je ne l'ai pas exprimé auprès de J.M., pour ne pas l'inquiéter, je sais qu'il compte sur moi, j'ai juste besoin d'un peu de temps ou d'une étincelle* ».

Finalement, c'est ma grande sœur, Nadine, à qui je rendais visite en cette fin février 2022, dans ce coquet village d'Assevent, qui détecta un premier sourire : « *ah, p'tit frère, j'ai l'impression que tu as trouvé l'inspiration* ». Pourtant il était mitigé, et ce, pour deux raisons.

La première, plus positive, résidait dans le fait que je n'avais pas perçu, tout au long de l'écriture de ce témoignage, que la narration d'évènements si singuliers pouvait suffire tout naturellement à faire sortir le lecteur de son ordinaire et de ses propres tracas. Ma principale crainte étant de savoir ce qu'il retiendrait des performances souvent macabres du personnage pour le moins obscur. Évidemment que les exploits de *J.M.* sont exceptionnels dans leur réalisation, peu de gens dans le monde sont capables de tirer avec une telle précision, une pareille détermination, un même sang-froid. Tout simplement, rares sont ceux qui peuvent tuer, même pour de l'argent. Bien sûr que les montées d'adrénaline ont également incité *J.M.* à continuer à effectuer ces opérations extérieures, si l'on se souvient de son immense déception, lors de la dernière mission annulée. Si, souvent, au cours de sa longue carrière, les colossales sommes d'argent le récompensaient de ses engagements, c'est finalement, comme toute personne normalement constituée, de la reconnaissance dont il avait besoin aujourd'hui. Pas forcément celle basique du « *bravo, tu as fait du beau boulot* », mais l'autre, la plus indécelable, sans doute la plus improbable pour ce tueur. *J.M.* est revenu vivant de ses guerres, mais, à l'évidence, il souffre d'une blessure à l'âme invisible qu'il ne peut verbaliser. On peut apprivoiser la souffrance du corps, en faire une compagne ; mais celle du cœur et de l'esprit est plus sournoise, on n'en guérit jamais. Pour lui, cette arme qui le ronge, c'est la trahison.

Pas seulement celle qu'il dénonce, lorsqu'il partit seul en cavale durant treize longues années, malgré, dixit *J.M.*, tous les services qu'il a pu rendre aux différentes nations qui, finalement, l'ont emprisonné dans sa fuite, notamment l'Allemagne, l'Italie et la France ; la Russie lui ayant tendu la main. Mais plutôt celle qu'il peine à exprimer, en raison de sa face obscure : « *si je scanne mon parcours de mercenaire, je ne puis savoir si j'ai servi en bon patriote ou si j'étais animé par le seul appât du gain, ou peut-être les deux à la fois ? Mais, encore aurait-il fallu savoir pour qui je travaillais ?* ».

Quand il évoque ses employeurs, il ne cherche pas véritablement à connaître leur nationalité, il sait qu'il a travaillé pour les Russes, les Américains, les Européens et d'autres pays encore ; mais le message essentiel qu'il veut transmettre à travers son récit est beaucoup plus profond et peut se résumer à une seule question essentielle : « Quelle cause a-t-il servie ? Lui, le sniper instrumentalisé, qui a abattu des cibles embrigadées, était conscient que l'inverse aurait pu se produire. Un pantin pouvait en tuer un autre, le rôle de bourreau ou de martyr aurait tout simplement été inversé.

Selon ses expériences, quelques-uns ou quelque chose tenaient forcément les rênes, au-delà des forces officiellement présentes sur les mêmes théâtres d'opérations. Si l'on décortique son passage au Liban dans les années 86 et 87, force est de constater qu'en pleine guerre froide, il a travaillé au service au moins des États-Unis, de l'ex-U.R.S.S. et des Européens, qui pour le coup semblèrent démontrer des intérêts communs, contrairement à leurs idéaux totalement opposés. D'ailleurs, sur mon interpellation, *J.M.* s'engagea sans hésitation, fidèle à ses habitudes : « *j'ai maintenant l'intime conviction que mes commanditaires sont aussi responsables de m'avoir demandé de supprimer mon ennemi que de l'avoir créé. Ces forces opaques dirigent le monde, même les plus hauts dirigeants des grandes puissances mondiales. Si l'on m'a payé ce prix pour donner la mort, c'était, qu'à l'évidence, il n'y avait pas de valeur morale, sinon un militaire de carrière aurait pu réaliser mes missions pour trois francs six sous. Je ne cherche pas à me dédouaner de la responsabilité de mes actes, je les assume totalement et comme tu sais, Blanco, je ne suis pas du genre à regretter. Pour autant, le jour viendra où ces Organisations parallèles seront dévoilées au grand jour, les modes de communication évoluant en ce sens. J'ai l'intime conviction que cette décennie sera celle de la vérité. Les gens ont perdu confiance en leurs dirigeants, les peuples ne reprendront espoir que lorsque les vrais sujets seront mis à plat. Le gros problème est la soif de l'argent et du pouvoir* ».

Après cette déclaration profonde, il retrouva l'œil plus clair qu'au commencement de sa narration. Lui seul savait ce qu'il avait fait ou pas, de bien ou de mal. Même si je pouvais valider bon nombre de faits qu'il rapportait, le débat ne résidait pas en la quête de cette vérité-là. *J.M.* sait à l'avance que ses déclarations provoqueront diverses réactions, certains le qualifieront de mythomane, d'assassin, de surhomme, que sais-je, de héros. Il assumait déjà, à sa manière peu orthodoxe : « *Je me moque de ce que pourront dire les gens, je revendique totalement mes actes. Je serai sans doute haï, je m'en fous complétement, du moment que j'éclaire les lecteurs. Cogito ergo sum, je pense donc je suis* ». Il tirait ainsi sa révérence, paraissant soulagé d'un poids. *J.M.* ne put s'empêcher d'adresser un message à ses futurs détracteurs que je préférais taire, ses raisons personnelles empiétant sur l'intérêt général. Nous nous quittions sur ces mots, notre échange de regard encore réservé, malgré ces cinq jours et quatre nuits.

La seconde raison était clairement négative cette fois, puisqu'elle replaçait dramatiquement ce témoignage dans une invraisemblable actualité, la guerre déclenchée en Ukraine ce 24 février. Impensable pour le commun des mortels, sans doute moins pour les grands de ce monde de non-sens. Ces Organisations Secrètes évoquées par *J.M.* allaient-elles jouer un rôle essentiel dans ce conflit ? On le saura sans doute, du moins je l'espère ; *J.M.* ayant prédit que *cette décennie serait celle de la vérité !*

Finalement, c'est par le biais de cette impensable guerre et le jeu des forces obscures que prenait pour partie le sens de ce livre. J'en veux pour preuve l'appel téléphonique de *J.M.* qui ne se fit pas attendre : « *Blanco, je viens d'être contacté pour partir*

en Ukraine. On m'a proposé une importante somme
d'argent pour trois jours ».

Au risque que la discussion téléphonique
soit *truffée*, je tentais d'en savoir un peu plus. Au
point où nous en étions, pour votre information,
après mon passage dans le Piémont, J.M. avait reçu
la visite des services secrets italiens, curieux de
savoir ce qu'il écrivait, et avec qui. Bref, je lui tirais
difficilement les vers du nez. S'agissant d'une
proposition à plusieurs dizaines de milliers d'euros,
en si peu de temps, il fallait qu'il s'agisse d'une
mission de la plus haute importance.

Il confirmait que son intermédiaire le
débauchait au service des Russes, à demi-mot qu'il
n'allait pas bosser, comme je le crus un instant, en
étroite collaboration avec l'armée de l'ombre, le
redoutable groupe *Wagner* ; mais pour une autre
entité prorusse, plus discrète, plus à l'ouest de la
Russie. J.M. ne put m'en dire davantage, même s'il
me confirma avoir été recontacté quelques jours plus
tard par cette même Organisation.

Je peux en déduire, mais ça n'engage que
moi, qu'il aurait eu pour mission de proposer ses
services de sniper aux forces ukrainiennes, mais
officieusement de recueillir des renseignements
précis sur la localisation du président ukrainien.
Tout de même tenté par l'appât du gain, J.M. refusa
sa participation à cette opération suicide.

J.M. m'avait prévenu : « *le système se*
fracturera, il y en aura bien un, plus fou que les autres. Ce

sera la troisième et dernière guerre mondiale, tout explosera, chacun ayant autant de secrets sur l'autre ».

Désormais, je prenais ses propos au sérieux, avec un mince espoir qu'il se trompe, même si je dois reconnaître qu'il dit souvent vrai : « *on ne nous parle que de cette guerre en Ukraine, mais il y a beaucoup d'autres conflits armés dans le monde. Officiellement les causes évoquées sont souvent culturelles ou religieuses, alors que nous savons tous qu'il ne s'agit en réalité que de facteurs politico-économiques sous-jacents* ».

Pour étayer ces propos, je reprendrai une citation de *Paul Valéry* : « *la guerre est un massacre de gens qui ne se connaissent pas, au profit de gens qui se connaissent bien, mais ne se massacrent pas* ».

Si je résume la carrière *militaire* de *J.M.*, il a travaillé officieusement sur des théâtres de guerres au profit de grandes puissances mondiales, lesquelles, même en période de guerre froide, parvenaient à s'entendre sur des intérêts communs peu élogieux. Soit, mais la question reste à savoir quel a été l'élément déclencheur de ce conflit direct entre ces grands États moralisateurs si co-auteurs autrefois, lorsque chacun y trouvait son compte sur le dos de pauvres peuples.

Ces grandes nations, intrinsèquement complices par ambition, pouvoir, voire abstention, seront-elles, dans un proche avenir, dépassées par une ambition démesurée de ces Organisations Secrètes ? L'on dit d'une personne profonde qu'elle tend vers la clarté, *a contrario* de celle qui veut le paraître vers l'opacité. La comparaison est aisée face à la systémique mondiale, les peuples tiennent pour profond tout ce dont ils ne peuvent voir le fond.

Cet obscurantisme organisé et les erreurs accumulées, coûteront-ils l'extinction de la race humaine par la guerre, anticipant sur l'impact destructeur presque inévitable de la dramatique crise climatique déjà présente ?

C'est peut-être tristement la dernière chance pour que la planète redevienne véritablement bleue.

On ne sera ni la première ni la dernière espèce à disparaître, mais quoi qu'il en soit, nous serons les premiers à en être responsables.

Pour reprendre les prédictions de 2016 du célèbre scientifique, feu *Stephen Hawking, quatre raisons mettront en péril l'avenir de l'humanité* :

- *une guerre nucléaire,* nous n'en sommes plus très loin ;

- *le réchauffement planétaire,* c'est devenu quasiment irréversible ;

- *l'intelligence artificielle,* nous poursuivons malgré son évidente supériorité à la lenteur de l'évolution biologique de l'Homme ;

- *ou la fabrication d'un virus…*

Je vous laisse seul juge…